出張シェフはお見通し

九《く》条《じょう》都《みや》子《こ》の謎解きレシピ

斎藤千輪

PHP
文芸文庫

○本表紙デザイン＋ロゴ＝川上成夫

Contents

1

悩める営業マンと至高のひと皿

東京湾をひた走る豪華クルーザーが、白くライトアップされたレインボーブリッジの下をゆっくりと通過した。

右手の先に見えるスカイツリーも、青・赤・紫など色とりどりのライトに包まれ、左手先にあるオレンジ色の東京タワーと華やかさを競い合っている。

宵《よい》の空で輝くのは、雲間に現れた大きな三日月。見上げる堀川聡《ほりかわさとる》の頬《ほお》を、初夏の潮風が心地よく撫《な》でていく。

――生まれて初めてのナイトクルージング。海から眺める東京の灯《あか》りも、空の月もすごく綺麗だ。こんな素晴らしい夜景が拝めたんだから、もう思い残すことなんてないかもしれないな……。

クルーザーの上部デッキに佇《たたず》んでいた聡は、ぐいと手すりから上半身を乗り出した。

真下を覗き込むと、漆黒《しっこく》の海が緩やかに波打っている。

一羽のカモメが頭上を横切り、鳴き声を響かせた。単なる鳴き声のはずなのに、聡の脳内では「そこから飛べば楽になれるよ」と、昏《くら》い海底へと誘《いざな》う歌に変換されてしまう。

ふいに、眼下の海が大きく回り始めた。

栓《せん》を抜いた風呂水のごとく、勢いよく渦《うず》を巻いている。

幻覚かもしれないが、自分にははっきりと見える。

どうしても目が離せない。渦の真ん中に吸い込まれていきそうになる……。

「――ねえ、ひと言いいかな」

背後から女性の声がした。凛《りん》と張ったハイトーンボイスだ。

あわてて身を起こして振り向くと、白いコックコート姿の女性が腕を組んで仁王立ちしていた。

出張シェフの九条都子《くじょうみやこ》だ。

長いまつ毛で縁取られたアーモンド形の瞳で、聡をしかと見つめている。

「飛び込みたいなら止めないよ。だけど、こんな黒々しい海に飛び込む勇気があるなら、それを別のことに使えばいいのに」

「都子さん……」

湧《わ》き上がってきた羞恥心《しゅうちしん》で、顔が熱くなってくる。

身投げするつもりなど毛頭なかったのに、突発的に最悪なことを考えてしまった。あれが〝魔が差す〟という現象なのだろうか。今後は気をつけないと。

すっかり現実に戻った聡は、スーツの襟元を正しながら、「いや、おっきな魚が見えた気がして、覗き込んだだけですよ」と取り繕《つくろ》った。

「そう。東京湾にもいろんな魚がいるからね。私の勘違いならよかった」

表情を和らげた都子が聡の横に歩み寄り、両手を上げて大きく伸びをする。後頭部できっちりと結った長いポニーテールが、風でふわりと揺れた。

「あー、腰が痛い。ここの厨房、狭くて動き辛いんだよね。メインを仕上げる前に、少しは休憩させてもらわないと」

「お疲れ様です。僕、東京で今の会社に転職したんです。都子さんもこっちに来てたんですね。都子さんの料理、久々に食べたけど最高ですよ」

「無理しなくていいよ」

そのひと声で、聡のぎこちない笑みは固まってしまった。

「……無理、してるように見えます?」

「うん、バレバレ。コース料理もほとんど残してたじゃない。せっかくこの私が腕を振るってあげたのに」

わざと尖《とが》らせた口元と上目遣いが、少女のように可愛らしい。

「ですよね。僕、出張シェフ派遣会社に連絡したとき、料金はいくらかかってもいいから腕利きの人を、ってお願いしたんです。そしたら、とっておきの人気シェフを派遣します、と言ってくれて。だけど、その人気シェフが都子さんだったなんて、本当に驚きましたよ。……なのに、残しちゃってすみません」

うなだれた聡に向かって、「まあ、人には事情があるもんね」と都子は柔らかく微笑んだ。

およそ六年ぶりに見る、春の温かい日差しのような、淡い色彩で描かれた美人画のような笑顔。凍えて縮まっていた心が、雪解けを迎えたかのごとくじんわりと溶け出していく。

「……実は、ずっと針《はり》の筵《むしろ》に座ってるような気分だったんです。今日の晩餐会《ばんさんかい》、僕は参加する資格なんてないんですよ。なのに、社長から幹事を命じられて、優秀な営業マンたちの前で思いっきりディスられて……」

話し始めたら、止められなくなった。

なぜなら都子は、聡が京都の大学に通っていた頃、料理サークルで知り合ったひとつ年上の先輩で、文字通り同じ釜の飯を食った仲間。しかも、どんな些細《ささい》な相談にも乗ってくれる、頼れる存在だったのだ。偶然にも再会を果たした都子以外に聡が本音を明かせる相手は、この船内には皆無だった。

横浜で生まれ育ち京都の大学に進学した聡は、卒業後、大阪の中堅生命保険会社に就職。営業事務として働きながらファイナンシャルプランナーの資格を取ったのち、半年ほど前に都内にある保険代理店に営業として転職した。

大阪で同期入社だった同僚が、「三十歳前に転職するべきだ。東京の保険代理店に一緒に行かないか?」と、当時二十七歳だった自分を熱心に誘ってきたからだ。

「成績次第では破格の報酬がもらえる。このままでは一生手にできない大金が摑めるし、独立だって夢じゃないぞ」

そんな誘い文句に、聡は魅了されてしまった。

あの頃は父が病《やまい》で他界したばかりで、一時的に体調を崩した母親と横浜の実家で暮らす算段をしていた。それが、ひとり息子である自分の責務だと思っていた。そのため、通勤圏内で稼ぎのいい仕事に就《つ》くのは、好都合でもあったのだ。

もちろん、営業として自分の腕を試したいと思う気持ちもあった。

生命保険は、加入者の身に何かあったとき、残された家族を守るためのもの。実際、母親だって亡き父の生命保険で救われている。加入しているあいだは税金が控除されたり相続税の対策になったりと、金融商品としてのメリットも多々ある。

だが、家や車とは異なり、目に見えないのでニーズが顕在化《けんざいか》されにくい商品だ。聡は生命保険の必要性を、一人でも多くの人にわかりやすく伝えたかった。伝えられると信じていた。

しかし、契約手続きや資料作成といった業務が大半で、顧客と直《じか》に関わることがほぼなかった前職の営業事務とは違い、保険代理店の営業は自らが積極的に動いて成績を上げる必要があった。

親戚・友人・知人に声をかけ、会社から与えられたリストの個人宅にも電話をかける。飲み会や異業種交流会などには積極的に参加し、顧客になり得る人々と繋がっていく。企業の福利厚生として保険に入ってもらえるかもしれないので、ネットで検索した会社や店舗に、片っ端からコンタクトを取ったこともある。

ところが、いくら努力しても押しの弱さは克服できないままだった。

「保険？　興味ない」「今、忙しいから」「珍しく連絡してきたと思ったら営業か」

そんな風に少しでも迷惑そうな声を出されると、即座に退《しりぞ》いてしまうのだ。

先輩たちにどうしたらいいのか相談しても、「自分で考えろ。優秀な奴を観察して技を盗め」としか答えてくれないし、残業も休日出勤も当たり前。ブラックだということは覚悟していたはずなのに、保険代理店の営業は想像以上に厳しい仕事だった。

ほんの僅《わず》かな基本給以外は歩合制なので、売り上げがない月はカツカツになってしまう。なのに契約はなかなか取れず、微々《びび》たる給料と上司からの叱責《しっせき》に耐える日々が半年も続いている。自分を誘った同僚は、僅か三カ月で音《ね》を上げて退社してしまった。

そんな中、尊大な物言いで恐れられるワンマン社長の立花茂雄《たちばなしげお》が、十名の成績優秀者を労《ねぎら》う晩餐会を開催すると言い出した。

会社を一代で大きくした立花は、御年《おんとし》七十四なのに「美食と美酒こそ長寿の秘訣」と豪語する人物。社長室では和服姿で葉巻をくゆらせる、見るからにかくしゃくとした老人だ。彼が幹事として指名したのが聡だった。

「本来なら役立たずのお前が参加できる場ではない。だが、特別に幹事として同席させてやる。接待の段取りと愛想笑いくらいしか能のない奴だからな」

そう言ってにんまりと笑った立花は、接待の場に聡を同行させることがしばしばあった。関係者の前で聡の売り上げの悪さをネタにし、笑い者にして楽しんでいるのだ。かなりの屈辱《くつじょく》ではあったが、それに耐え忍ぶのも給料の一部だと諦《あきら》めていた。

……というか、精神を痛めつけられることに、すっかり慣れてしまっていた。いくら慣れたって、痛みを感じなくなったわけではないのに。

「いいか、堀川。クルーザーを貸し切って、腕の立つ料理人にコース料理を作らせるんだぞ。料理のテーマはワシの好きな〝ロッシーニ〟だ」

「音楽家のロッシーニですか？」

「ほかに誰がいる？　ロッシーニといえば……わかるだろう？」

「いえ、不勉強で……」

「バカ者！　そのくらいの教養は身につけておけ。だからお前は駄目なんだよ！」

いつものように立花から駄目出しをされた聡は、直《ただ》ちにロッシーニについて調べ、彼が稀代《きだい》の美食家としても知られていたことを理解した。

『ウィリアム・テル』『セビリアの理髪師』などの作曲で有名なジョアキーノ・アントーニオ・ロッシーニは、十九世紀にフランスやイタリアで活動した音楽家。レストラン経営もしていた彼は、〝トゥルヌド・ロッシーニ〟という名のフランス料理を生み出したという。バターソテーしたトーストの上に、牛フィレのソテーとフォアグラのポアレ、さらにスライスしたトリュフを載せ、フォンドボーとマデラ酒のソースで食べる料理だ。

自身も料理好きで大学時代は〝京都のおばんざい研究サークル〟に所属していた聡だが、本格的なフランス料理は全くの門外漢《もんがいかん》だったため、初めて知ったロッシーニの功績は好奇心を大いに刺激した。

好みのコースを提供してくれると噂《うわさ》の三軒茶屋《さんげんぢゃや》のビストロに入り、トゥルヌド・ロッシーニをリクエストして食べてもみた。アイドルのような顔立ちの男性ギャルソンが出してくれたその料理は、レアでさっぱりとした牛フィレのステーキと、香ばしく焼いた濃厚《のうこう》なフォアグラ、甘めのソースとの組み合わせが絶妙で、頬がとろけそうなほどの美味しさだった。

「こちらのシェフに、クルーザーで料理を作っていただけませんか?」

勢い込んで頼んでみたけど、生憎《あいにく》、シェフが多忙なため無理とのこと。その代わりにと紹介してくれたのが、和食からフレンチまで、あらゆるジャンルに対応する出張シェフ派遣会社〝ハウスダイナー〟だ。

そこはシェフのみならず給仕係やソムリエも派遣してくれるので、屋内、屋外、どんな場所でも一流レストラン並みの食事が楽しめるらしい。聡は迷うことなくハウスダイナーに連絡を取り、「腕利きのシェフに、ロッシーニにまつわるコース料理を依頼したい」と頼み込んだ。

恵比寿《えびす》の商業ビルの五階にあるハウスダイナーのオフィスで、一風変わったオーダーに対応してくれたのは、大学生のような童顔の女社長・新房芽衣《しんぼうめい》だった。

「うちには腕利きしか所属してませんよ。だけど、今回のような特殊な依頼に応えられるシェフといえば、ひとりしか浮かびません。相当な人気なので確約はできませんが、できる限り調整させてもらいます」

顔に似合わずやり手だった芽衣は、どうにかシェフを手配してくれた。その人気シェフの正体が、ほかでもない都子だったのだ。

停泊中のクルーザーに乗り込んできたハウスダイナーのスタッフの中に、紺のブラウスと黒いパンツにポニーテールをなびかせた都子を見つけたとき、聡は胸の高まりを抑えることができなかった。

「都子さん？　都子さんですよね！　懐かしいなあ」

大学時代の先輩、九条都子。容姿端麗《ようしたんれい》でデキる京女。まさかここで会うなんて！

憧れの存在でもあった都子との再会に感激した聡だが、彼女は「ご依頼ありがとうございます」と挨拶《あいさつ》をしただけで、素早く準備を始めてしまった。

清潔なコックコートを身にまとった都子は、クルーザー内の小さな厨房に運んだスーツケースの中から調理道具や食材をテキパキと取り出し、それらを器用に操って調理を進めていく。

聡が見惚《みと》れそうになるほどの素早い動きと、余計な話はしないビジネスライクな態度は、彼女がクライアントの願いを叶える出張シェフのプロになった証だった。

今は無理だろうけど、晩餐会が終わったら話すタイミングがあるかもしれないな……。

十二人が座れる長テーブルにクロスをかけ、セッティングを手伝いながら、聡は都子が近くにいるというよろこびを感じると共に、それを覆い隠すほどの不安も抱えていた。

自分が売れない営業マンであると、都子には知られたくなかったのだ。

「おお、なかなかいい船じゃないか。堀川にしては上出来だ」

嫌味っぽく入ってきた和服姿の立花や、スーツの営業マンたちが次々と乗船し、出港と共に晩餐会が始まってからも、聡は立花から叱咤《しった》されないように末席で身を縮めていた。

白一色の船内には至る箇所に季節の花が飾られ、進行方向の壁一面を占拠した大型モニターには、通過中の景観が映し出されている。窓の数も多いため、どこにいても海が眺められるのだが、聡にはクルージングを楽しむ余裕などなかった。

姑息《こそく》かもしれないけど、都子には自分を一人前の社会人として見てほしかった。

お互いに成長したね、と笑い合いたかった。

プロになった都子が仕上げたコース料理は、間違いなく完璧だった。

トリュフとセップ茸のペーストを詰めたアーティチョーク。生トリュフをあしらったハムと若鶏のムース。フォアグラをふんだんに使ったオムレツ。トリュフの香りをまとわせた舌平目のポワレ――。

その全てが、十九世紀のパリで食通たちを唸《うな》らせたロッシーニ風の料理だ。

立花はロッシーニの有名曲が流れる船内で満足そうに料理を平らげ、ひと皿ごとに出張ソムリエから提供されるワインを飲み、営業マンたちにウンチクを語った。

「ベートーヴェンが好んだと言われる〝じゃがいものタルト〟。『コーヒー・カンタータ』という曲まで作るほどのコーヒー好きだったバッハ。ショパンのために女流作家ジョルジュ・サンドが作ったとされる〝鶏のフリカッセ〟。音楽家にまつわる食のエピソードは数知れないが、ロッシーニほど料理業界に影響を与えた人物はいないだろう。なあ、君たちもそう思わないか？」

「確かに」「勉強になります」「さすが社長」など、営業マンたちが調子よく合いの手を入れる。

「今夜は特別に、ロッシーニが考案したとされる料理を用意させた。優秀な君たちを称《たた》えるためだ。悪くないだろう？」

「悪くないだなんてとんでもない！　素晴らしいですよ！　クルーザーで出されているとは思えないほど料理の完成度が高い。音楽もワインも上等で、まるで海上の三ツ星レストランにいるような気分です。美食家だったロッシーニにまつわる、深い知識と最高のコース料理。アカデミックな社長のおもてなしに、心から感謝いたします」

舞台役者のように抑揚《よくよう》をつけて答えたのは、高級スーツをスマートに着こなした橋本孝則《はしもとたかのり》という三十五歳の男。今月のトップセールスを記録しているだけに、口の上手さもトップ級だ。

「その言葉、ロッシーニも聞いたらよろこぶだろう。彼はトリュフとフォアグラをこよなく愛し、パリに自分のレストランを開いて幾多《いくた》もの料理を発案したんだ。中でも、フレンチの教本にも載ったトゥルヌド・ロッシーニ、いわゆるロッシーニ風のステーキは革命的だったのだよ。まさに至高の逸品だ」

延々《えんえん》と続く立花の話。よく通るダミ声が、正直なところ不快だった。

この華々しい場に相応《ふさわ》しくない自分にもいたたまれず、せっかくの料理も少しし
か胃に入らない。

「で、今夜のメインは、もちろんトゥルヌド・ロッシーニだろうな？　おい堀川、
聞いてるのか？」

「は、はい、もちろんです！」

本当は聞き流してしまっていた聡は、その瞬間から立花の餌食《えじき》と化した。

「今日は成績優秀者を労う晩餐会だ。なのに、お前はなぜのうのうと食事をしてい
られるんだ？」

「申し訳ございません」

猛獣《もうじゆう》に狙われた小動物のごとく、身体《からだ》が硬直して動かなくなった。キリキリと
胃の辺りが締めつけられる。

「今月は何件契約したんだ？」

「……すみません、まだ一件です」

「まだ？　今月はあと五日しかないんだぞ。それまでに契約の当てがあるのか？」

「……努力します」

はあー、と大きく息を吐き、立花は再び牙《きば》を剝《む》く。

「お前、自分の成約率を把握しているか？」

「……いえ、申し訳ありません」

「だろうな」

蔑《さげす》みの視線を聡に注いでから、立花はトップセールマンの橋本に目をやった。

「橋本、君の成約率は？」

「今年に入ってからは六〇％を超えております」

勝ち誇った表情で橋本が返答する。

「ほらな。売れている営業マンは自分の能力を把握してるんだ。成約率すらわからない奴が、売り上げなど伸ばせるわけがない。何人にアポを取って、各自と何回会って、結果いくら成約できたのか、確率を把握せんと次の目標が立てられんだろう。違うか？」

「おっしゃる通りです」

何も言い返せない聡に、立花のダミ声が降り続く。

「堀川、お前は明日から飛び込みをしてこい。知らない町に行って訪問しまくれ。ワシが若い頃はがむしゃらに飛び込んだぞ。電話もかけまくった。右手と電話の受話器を包帯で巻いて、断られても断られても左指でダイヤルを回し続けた。契約が取れるまでは家に帰らない覚悟で働いたもんだ。お前もワシを見習え。何もしないで売れるわけがないんだからな」

何度も繰り返し聞いた、時代錯誤《じだいさくご》すぎる小言だった。ダイヤル電話なんていつの話なのか想像すらできない。できることなら、耳を塞《ふさ》いでしまいたい。

「年齢不問、経験不問、性別不問、学歴不問。どんな奴でも努力次第で数千万ももらえるのが我が社の営業だ。そんな高給が取れる人間は、本来ならほんの一握りしかいないんだぞ。学生時代、遊びもせずに塾に通って超一流大学に入り、高給の仕事に就けた者だけが享受《きょうじゅ》できる報酬だ。お前のように遊んで適当なクズ大学に入った奴が、楽々と高給取りになんぞなれるわけがないんだよ。だが、うちは学歴など関係ないのだ。ワシだって大学など出ていない。根性と努力だけで成り上がったんだからな」

誇りに思う出身大学を貶《けな》され、つい反論しそうになったが、それは無駄なことだと言葉を呑み下す。

「いいか、営業には物語が必要なんだ。人は感情を揺さぶられないと何も買わない。車なら楽しいドライブの休日。家なら家族の温かい団らん。それを使用したときの情景が物語として浮かぶから、高価でも買う決意が生まれるのだ。保険だって同じだぞ。相手に合わせて物語を組み立てて、どう語れば心が動くのか研究しろ。

誰かに頼るんじゃない、自分で考えるんだ。もっと努力をしろ。汗をかけ。契約を取れ！」

「はい！」

とりあえず威勢よく返事をしてから、静かに席を立った。

トイレに行く振りをして、外の新鮮な空気を吸いに行こうと思ったのだ。

「社長、堀川にだって取柄《とりえ》はあるじゃないですか。こういったイベントのセッティングだけは優秀です。それに、彼が選ぶ店はどこも味がいい」

皮肉めいた橋本の言葉を、「そんな取柄、営業にはいらん」と立花が受け流す。

ふたりの会話は無視して厨房を通り過ぎようとしたら、中から顔を出した都子と目が合った。その途端、背後から立花のダミ声が追いかけてきた。

「……ったく、売れない奴はゴミなのに、いっちょ前に食いやがって」

屈辱で折れそうになる心を抱えたまま、聡は上部デッキへと急いだのだった。

「――都子さんにも聞こえましたよね？　僕、ゴミ呼ばわりされてるんですよ」

「うん。うちらの大学をクズって言ったのも聞こえちゃった。コンプライアンスとかパワハラって言葉、あのくらいのご老人は知らないのかな」

都子は穏やかな表情を崩さない。

彼女に売れない営業マンだとバレてしまった以上、もう無理に一人前の社会人の振りをする必要はなかった。

「給料泥棒のゴミ野郎って、社長から何度も言われてるんです。自分なりに努力してるつもりなんだけど、どうしたらいいのかわからなくて。この会社に転職してから、どんどん自分が嫌いになってるんです」

自己否定せざるを得ない状況が、心の安定をじわじわと蝕《むしば》み続けている。

「さっきはつい、海に飛び込んだら楽になれるかなって、魔が差しちゃいました。……こんな暗くてどうしようもない話、急にしてすみません。久しぶりに会えたのに、情けないですよね……」

本音を垂れ流してしまった途端、自己嫌悪で胸が苦しくなった。

海面に映った対岸の灯りが、ゆらゆらと揺れている。

「そんなに苦しいなら、そこから逃げちゃえばいいのに」

ささやいた都子に、聡は即答した。

「まだ入社して半年なんです。世間体もあるし、ここで逃げ出したら負けのような気がして。それに、一緒に転職した元同僚が三カ月で辞めちゃったから、『お前は辞めないよな。結果も出さずに辞めたら損害賠償ものだぞ』って、社長から何度も釘を刺されているんですよ。単なる脅《おど》しだとは思うけど……」

もっと現実的な問題だってあった。転職回数が多いと、この先の就職活動で確実に不利になる。たった半年で辞めてしまうと、人間性をも疑われてしまう。

そんな言い訳をこね回して、辞められないでいる自分が腹立たしい。生命保険の必要性を自らが理解したからと言って、それを他者に伝えて買ってもらえるとは限らないことを、嫌というほど思い知ったというのに。

未来について考えると焦燥感《しょうそうかん》で焼かれそうになるので、社長や上司の叱咤を受け入れ、目の前に現れる事象に必死に応対することで、何も考えないようにしていた。

……もしかしたら今の自分は、思考停止状態なのかもしれない。

「ああ、つまらない話で引き止めちゃって本当にすみません。ここで愚痴《ぐち》ってても仕方ないですよね。もう大丈夫です。下に戻りますね」

その場を離れようとした聡の前で、都子が鋭い目つきで空を睨《にら》み、小さくつぶやいた。

「――いけずや」

「え？」

今、「いけず」って言ったよな。自分の聞き間違いか？

「ううん、なんでも。ちょっとメインを変更したいんだけど、いいかな？」

あっけらかんと屈託《くったく》なく、都子が問いかけてきた。

それは困る。メイン料理はトゥルヌド・ロッシーニでと、立花から詰め寄られたばかりだ。

脳内に鬼のような立花の顔が浮かび、身がすくんでしまった。

「いや、変えられると社長が激高《げっこう》します。僕が叩きのめされるだけならいいんですけど、都子さんの所属会社にも迷惑がかかるかもしれません」

「大丈夫。問題になるようなら準備してあるトゥルヌド・ロッシーニを出すし、全部私の独断だって説明するから。お願い、私を信じて」

両手を合わせ、聡をじっと見つめる。

その真剣な眼差しに胸を射抜かれ、気づけばこくりと頷《うなず》いていた。

「よかった。実はね、足りなそうならもう一品作ろうかなと思って、食材を用意してきてあったんだ。すぐ仕度するね。そうそう、取って置きの高級ワインも持ってきたの。それを皆さんに飲んでもらってて」

それ以上の説明はせずに、都子は上部デッキの階段を下りていく。

聡は何も考えられないまま、彼女のあとに続くしかなかった。

◈

「おい、堀川。いつまで待たせるんだ。ワインは悪くないが、合わせる料理がないんじゃ味も半減だろう。先に言っておくが、ワシはいろんなグランメゾンでトゥルヌド・ロッシーニを食しておる。生半可《なまはんか》なものじゃ承知しないぞ。お前が選んだ料理人、ワシを満足させてくれるんだろうな？」

ねちねちと聡をいたぶる立花。周囲の営業マンたちも、生贄《いけにえ》になっている売れない同僚を、口元に嘲笑《ちょうしょう》を浮かべて眺めている。

「あの、実はですね……」

意を決して、メインが変わるようなんです、と言いかけたそのとき、都子が大皿を手に現れた。

「大変お待たせいたしました。本日のメインでございます」

都子は颯爽《さっそう》と立花の席に歩み寄り、手にしていた皿をテーブルに置いた。

他のスタッフたちによって、聡たちの前にもメインが配られていく。

「……なんだ、これは」

立花は皿を見下ろし、低く唸るように言った。

皿の上に載っているのは、一本の大きなソーセージ。

ボイルしたてのソーセージが、香《かぐわ》しい湯気を立てている。

サイドディッシュはおろか、マスタードすらも添えられていない。

――都子さん、マジか……。

都子の料理に文句をつける気はさらさらないが、聡の目から見ても、メインと呼ぶにはいささか寂しく感じてしまう。

「ですから、こちらが本日のメインディッシュです。社長様がご希望された、ジョアキーノ・アントーニオ・ロッシーニにちなんだ料理ですよ」

「ふざけるな!」

テーブルがガタン、と音を立てた。立花が両手を激しくついたからだ。

「ロッシーニのメインといえば、フォアグラとトリュフをふんだんに使ったトゥルヌド・ロッシーニに決まっているだろう! こんな簡素なソーセージを出してくるとは、呆《あき》れてものが言えないわ。堀川!」

「は、はい」

「今夜の仕切りはお前だ。どう責任を取るつもりなんだ?」

案の定、怒りの矛先《ほこさき》を聡に向けてきた。

だが、なんと言い訳をすればいいのか全くわからない。上下の唇が張りついたかのように動かない。

「おい、堀川！」

また立花が怒声を発した刹那《せつな》、都子が聡を庇《かば》うように一歩前に足を踏み出し、声を張り上げた。

「ちょっとひと言、言わせてもろてよろしいやろか！」

いきなり飛び出した京都弁に、誰もが驚きの表情で都子を見る。

静まり返った船内には、波音の混じったロッシーニのオペラ曲だけが流れている。

――思い出した。都子さんは普段は標準語なのに、感情が高ぶると京都弁になってしまうのだ。そして、京都弁になった彼女に敵《かな》う人はいなかった……。

聡は無敵状態となった都子が、何を言い出すのか固唾《かたず》を呑んだ。

「これがロッシーニの原点にして終点の料理やと、社長様やったらご存じや思てたんですけど」

「……なんだと？」

想定外の言葉を受けて、立花は細い目を見開いている。

「ご挨拶が遅うなりました。本日の料理を担当する九条都子と申します。このソーセージをメインとしてお出しした理由を、お話しさせていただきます」

にこやかに一同を見渡してから、都子は凜とした声音で語り始めた。

「ご存じやと思いますが、ロッシーニはフランス革命期にイタリアで生まれ、政治活動をしていた父親が投獄《とうごく》されるなど、決して恵まれた家庭環境やありませんでした。せやけど、両親が音楽好きだったこともあり、作曲家としての才能が開花。若くして多くの名曲を発表し、趣味の美食も追求して後世に残るフランス料理も生み出しました。音楽家としても料理研究家としても、素晴らしい才能の持ち主やったそうです」

「知っておるわ！　わざわざ聞くまでもない」

吐き捨てるように言った立花を、都子は涼やかに見下ろして話を続ける。

「そんなロッシーニは、実は怠け者《なまもの》やったそうです。オペラ一曲にかける時間は六週間と決め、最初の四週間はほぼ何もせんと、ぎりぎりになって仕上げてた。名声や権力にしがみついたりせえへんで、作曲の仕事は僅か四十四歳であっさりと引退してます。以降は後出の作曲家に席を明け渡し、美食の道を極めていかはったんです。素敵な生き方や思いませんか？」

「なっ、ワシに説教をする気か！」

立花が憤慨《ふんがい》で顔を赤らめる。

歳を重ねても権力を振りかざす自分を、皮肉られたと思ったのだろう。

「とんでもありません。ロッシーニを凌《しの》ぐかもしれへん美食家のあなた様やったら、この料理の真価がわかってくれはるんやないかと。どうかお召し上がりいただいて、なぜこのソーセージがロッシーニの原点で終点なのか、お答えいただきたいんです」

「くだらん」

立花は一刀両断し、聡をぐいと睨みつけた。

「おい、この皿を下げろ」

どうしたらいいのか迷った。面倒なことになるので立花には逆らいたくない。でも、都子を傷つけたくはない……。

「堀川！　聞こえないのか！」

「は、はい！」

反射的に立ち上がった聡を、都子が真っ直ぐに見ている。

――本当にこのままでいいのか？　いつまで思考停止でいるつもりだ？

内なる自分の声が聞こえてきた。

両手を握りしめて息を吸い込み、下げたくないです、と言おうかと思った瞬間、

「お待ちください」と誰かが言った。

「まるでクイズみたいですね。面白そうじゃないですか」

トップセールスマンの橋本だ。意地の悪そうな目つきで都子を見ている。

「社長、わたしは、このなんの変哲《へんてつ》もないソーセージに興味を引かれました。ここまでシェフが強気になれる理由も知りたい。営業マンとしての好奇心です。余興のクイズだと思って食べてやろうじゃないですか。それで大したことがなかった場合は、シェフに責任を取らせればいい。金銭面も含めて。いかがですか？」

口元を歪《ゆが》めて笑った彼の提案に、がめつい立花が思案し始めた。

狡猾《こうかつ》なふたりに、都子がいたぶられるのではないかと、聡は心配になったのだが……。

「そう、クイズや思て楽しんでほしいんです」

都子はあくまでも朗《ほが》らかだった。

「これは、うちが独断で考えた余興です。このメインがロッシーニとどう関係してるのか、社長様なら、必ずわからはると思います。さあ、召し上がってください。お気に召さへんかったら、トゥルヌド・ロッシーニもご用意できますので。ほかの皆様も、温かいうちに召し上がってください」

「社長、いただいてもいいですよね？」

ナイフとフォークを手に取った橋本に、立花が頷いた。

「いいだろう。みんなも食べて、何か気づいたら言いたまえ。遠慮《えんりょ》はいらんぞ。文句があったらはっきり言うんだ」

立花の鶴の一声で、営業マンたちは一斉にソーセージに手をつけ出した。

聡も仕方なく席に着き、恐る恐るソーセージの真ん中にナイフを入れる。

皮がプッンと切れ、中から肉汁が溢《あふ》れてきた。みっちりと詰まった挽《ひ》き肉の中に、緑色の豆が入っている。

切り分けたソーセージを頬張った途端、口内で軽やかなメロディが奏でられた。

挽き立ての弾力のある肉と、そこから流れ出る脂《あぶら》の旨味《うまみ》。ローストした豆のソフトな嚙み応え。さらに幾多ものハーブやスパイスの香りが、豊かなアクセントとなってリズミカルに踊り出す。

……旨い！　と言いたかったのだが、誰もが黙々と食べているので、言葉と共にソーセージを飲み下す。

「……ふむ、悪くない」橋本が口火を切った。

「これがロッシーニとなんの関係があるのかわからないけど、とにかく味も香りも悪くない。普通のソーセージではないな。何が入ってるんだろう？」

「ふん、つまらん答えだ」

ひとりだけ皿に手を出さない立花が、不満そうに鼻を鳴らす。貶《けな》しの言葉を期待していたのだろう。

「主な材料は、豚の粗挽《あらび》き肉とグリーンピースですね」

聡はつい、橋本の問いに反応してしまった。

「皮は羊の腸の塩漬けかな。ハーブはパセリとバジル、それにローズマリー。スパイスはマジョラムとブラックペッパー。刻んだトリュフも入ってるから、芳醇《ほうじゅん》な香りがあとに残るんですね」

すると、「ご名答」と都子が言った。

周囲の視線が聡に集まっている。すごいな、と誰かが感嘆の声を漏らした。立花が聡を見る目も、心なしか変化したように感じる。橋本は悔しそうに横目で睨んでいる。

「堀川さんは、素晴らしい味覚と嗅覚を持ってはるようですね」

共におばんざいの研究をしていた都子が、やさしく笑みを寄こした。

料理を作るのはそれほどうまくなかった聡だが、食材を言い当てるのは昔から得意だった。

――突如、サークルで使っていた京都市内のキッチンスタジオが思い浮かんだ。

まだ大学二年生だった都子が、こんがりと色づいたえびいもの揚げ物を小皿に載せて、こちらに差し出している。

「これ、秋の新作。何が入ってるかわかる？　当たったら聡の勝ち。うちが缶コーヒーをおごる。もし外れて負けたら、聡が缶コーヒーおごって。な？」

いたずらっ子のような眼差しが可愛らしくて、揚げ物に刺された爪楊枝を摘《つま》み、パン粉の衣をサクッと噛んで中身を探った。

「——ウマい。えびいもがねっとりしてて、挽き肉のようなものが入ってる。——わかった、八丁味噌《はっちょうみそ》とタコのミンチ。あと……柚子の皮だ」

「ブー。惜しい。柚子の皮じゃなくて果肉ですー」

「ほとんど当たりじゃないですか」

「皮と果肉は全然違うやろ。素直に負けを認めんと。缶コーヒー、聡のおごりな」

うれしそうに胸を張る都子の横に、背の高い青年が立っている。

「いや、聡はすごいよ。俺はタコの味がわからなかったからなあ。缶コーヒーのおごりが確定したよ。今月は四本目だ」

苦笑する青年の肩を、都子がやさしく叩く。

「この人な、イカって言い張るんよ。確かに聡のほうが優秀やね——」

都子と自分。そして、もうひとりの親しいサークル仲間だった先輩。

三人の懐かしいやり取りが、走馬灯のように聡の脳裏をよぎった。

――いや、それよりも今はロッシーニだ。とてつもなく美味しいけど、このソーセージとロッシーニがどう関わってるのか、全くもって見当がつかない。

「……トリュフが入ってるからロッシーニ風ってことなのか？　だけど、そんな単純な答えだったら噴飯《ふんぱん》ものだぞ」

橋本が食い下がった。ほかの営業マンたちはひたすら黙り込んでいる。

「もちろん、トリュフは重要ですけど、それだけではございません」

冷静さを取り戻したのか、都子は標準語に戻っていた。

「やはり、社長様にしかわからないのかもしれませんね。ロッシーニにちなんだコース料理なんて、知的探求心が旺盛《おうせい》な方じゃないとオーダーしないと思いますし。それに、物語を作り上げるのも解き明かすのも、社長様はお上手そうですから」

天井の灯りが反射し、都子の瞳が美しく輝いている。

立花は黙って腕を組み、ソーセージに視線を向けている。

「社長、お願いします。僕に正解を教えてください」

聡は勇気を振り絞って立花に話しかけ、深々と頭を下げた。

お願いします、と橋本を筆頭に営業マンたちも続く。

「……ワシを試すとは、いい度胸だ」

おもむろに立花がナイフとフォークを取り上げ、ソーセージを切り分けて口に運んだ。おそらく彼も好奇心を掻《か》き立てられ、食べるきっかけを待ち侘《わ》びていたのだろう。

どうなることかと、誰もが沈黙を守って小柄な老人を見つめている。

「……なるほどな」

意外なことに、ソーセージを味わった立花は、ニヤリと相好《そうごう》を崩した。

「豚はロッシーニの原点で終点。それに、グリーンピースは未成熟なえんどう豆だ。挽き肉とえんどう豆と言えば、『ロマンティックな挽き肉料理』と、『やれやれ！　小さなえんどう豆よ』だな」

「さすがです！　言い当ててくださると思ってました」

都子がにっこりと微笑み、大きく手を叩く。

聡も他の営業マンたちも、なんのことやらさっぱりわからず、目を丸くしているだけだった。

「九条都子とやら、小癪《こしゃく》な真似をしおって。だが、ワシを楽しませようとした心意気は買ってやろう。料理もなかなかのものだった」

「光栄です。以後お見知りおきを」

すかさず名刺を渡した都子を、立花は好々爺《こうこうや》の顔で舐めるように眺めている。

「……あの、意味がわからないんですけど。なんでこれが原点で終点なんですか?」

我慢できずに聡が尋ねると、都子はいかにも楽しそうに口を開いた。

「ロッシーニは、ソーセージの本場ボローニャで育ったの。豚肉などの処理場を営《いとな》んでいた父の背を見ていた彼は、幼心に自分も立派な豚肉屋になると決めていた。それが作曲家になってしまったんだけど、引退してレストランを軌道に乗せてからは、〝トリュフを探す豚の飼育〟に専念したと言われている。つまり人生の後期に、〝豚に関わる仕事をする〟という初志を貫徹《かんてつ》したってわけ」

「確かに、豚で始まって豚で終わったのがロッシーニの人生だ。よく勉強しておるな」

立花はしきりに頷いている。

「それからね、晩年のロッシーニは自身のサロンで面白半分に小作品を披露していたんだけど、その中にあったのが、『ロマンティックな挽き肉料理』『やれやれ!小さなえんどう豆よ』というユーモラスなタイトルの曲。美食家の彼らしい逸話《いつわ》だよね」

話し終えた都子は、白い歯を覗かせた。

「そうか。だから、トリュフ入りの豚挽き肉とグリーンピースのソーセージを作ったのか。全部の食材がロッシーニに関係してたんだ」

感心する聡に、「料理も物語が大事だからね」と都子はすまし顔をしてみせる。

「その通りだな。堀川も営業の腕を磨いて、いい物語を作れよ。お前ならできるはずだ」

思いのほか穏やかな口調で、立花が言った。

「ちなみにロッシーニは、晩年に書き溜めた小作品の数々を、『老いのいたずら』と総称してたんですよね。きっと、老害にならないように自分自身を客観視できた、聡明なご老人だったのでしょう。憧れちゃいます」

思い切り皮肉った都子に、立花は「その減らず口、ますます気に入ったぞ」と笑いかける。

「押しも強そうだし、君はうちで営業をしても優秀な成績を上げそうだな」

すっかりご機嫌になった立花の言葉に、彼女は大きく首を横に振った。

「私は料理が好きなんです。食べるのも作るのも大好き。だから……」

そこでなぜか、都子は聡を見つめた。

「怠け者で享楽的《きょうらくてき》で、好きなことを貫いたロッシーニのように、私も自分の好きと思う気持ちを大事にします。誰に何を言われても、好きではないことに時間を費やしたくないんです。一度きりの人生、思いっきり楽しまないと」

断言してから、その場で深々と腰を折った。

「では、失礼いたします。このあとは、本来お出しするはずだったトゥルヌド・ロッシーニをお召し上がりいただきます。ソーセージはサービスです。最後までごゆっくり、ロッシーニのコースをお楽しみください」

くるりと背を向けた都子が、ポニーテールを揺らして厨房へと消えた。

ふいに聡は、なぜ彼女がこのような余興を企てたのか、真意を理解できた気がした。

——怠け者でもいい。自由に楽に生きていい。初志を忘れるな。

あれはきっと、僕に向けたメッセージだ。

最初は、いけずな社長に苦言を呈してくれたのかと思ったが、そうじゃない。一緒におばんさいを作って笑っていた、かつての僕に届けてくれたエールであり、思考停止していた僕に対する提言なんだ。

勘違いかもしれないけど、そうだったと受け止めることにしよう。

レインボーブリッジから羽田空港の辺りまで進み、そこでUターンしてきたクルーザーは、大井コンテナターミナルを通過していた。クレーンの立ち並ぶ夜景が、窓の外を美しく彩っている。

一羽のカモメが、夜空を優雅に羽ばたいていった。

自分もカモメのように、この場から飛んだら自由になれる……。

「なあ、堀川。あのシェフは優秀だな。ワシのお抱えにしたいくらいだ」

「ええ、最高です。僕も都子さんを見習いたい。誰に何を言われても、自分の好きを突き詰めたいです」

立花に答えながら、聡は心に決めていた。

この職場は好きになれなかった。心から笑うことができなかった。好きでもないことを無理に続けるなんて、そこに費やす時間がもったいない。

僕が好きなのは、都子さんのような人が丹精《たんせい》込めて作る料理だ。彼女の言葉ではっきりと目が覚めた。形のない生命保険ではなく、食べることで形が変容していく料理を、人々に提供したい。料理に夢中になっていた初志を貫いてみたい。

だから明日、退職願を出そう――。

ひと月後。保険代理店を辞めた聡は、都子が暮らすマンションの一室を訪れていた。

クルーザーの晩餐会が終わったあと、お互いの住所を教え合っていたのだ。

自由《じゆう》が丘《おか》駅から徒歩十分ほどの住宅街にある、五階建てのオートロックマンション。その三階の角部屋が、都子の住まいだった。

「いらっしゃい。聡に新作の試食をしてほしかったの。あなた、抜群の味覚と嗅覚を持ってるから」

玄関で明るく迎えた都子は、外国人向けのお土産《みやげ》のような、〝魑魅魍魎《ちみもうりょう》〟と漢字が大きくプリントされたTシャツにジーンズ姿だった。

「都子さん、相変わらず私服はダサダサなんですね」

「そお？　だってお土産でもらったんだもん、着ないともったいないじゃない」

大学生の頃から彼女はこうだった。ファッションやメイクには、とんと無頓着《むとんちゃく》なのだ。今だって長い髪を後ろで無造作にまとめ、スッピンをさらけ出している。

それでも、素材が良いから恋人候補はいくらでも現れていた。

「そうだ、湊《みなと》さんはどうしてます？　丹波《たんば》湊さん」

湊の名前を出した途端、都子の顔に影が差した。

ヤバい、湊さんは都子さんの恋人だった人。おばんざい研究サークルで自分も世話になった先輩だ。大学の同級生同士でお似合いだったふたりは、今も付き合っていると思っていた。なんなら結婚してるかもしれないとまで思っていたのだけど、この表情から察するに……。

「別れたの。二年くらい前に」

なんでもないように、それでも何かを引きずっているかのように、都子は小声で告げた。

「急に電話で振られちゃったんだ。理由はよくわかんない」

表情が微《かす》かに強張《こわば》っている。

それ以上、湊のことは聞くな、と言われたような気がした。

「そんな話はいいからさ、ちょっとこっちに来て」

手招きされて入ったのは、日当たりの良いリビングダイニングだった。

格子の入ったガラス窓、ダーク調のフローリング。壁際に置かれた大きな水屋簞笥《みずやだんす》、民芸風のテーブルなど、部屋中がレトロな和風のインテリアで統一されている。

左側のリビングスペースには琉球畳《りゅうきゅうたたみ》が敷かれ、布張りのローソファーとちゃぶ台のような小さく丸いテーブルがセットされていた。黒地に色艶《あで》やかな花の刺繍《ししゅう》が入ったクッションカバーは、おそらく京友禅《きょうゆうぜん》だ。

都子が生まれ育った故郷であり、彼女と湊と自分、三人で過ごした京都を彷彿《ほうふつ》とさせ、時間が大学時代へと遡《さかのぼ》っていく感覚を味わう。

「わあ、チワワだ」

ローソファーに寝そべっていた二匹のスムースチワワが、吠《ほ》えもせずに聡に向かって駆け寄ってきた。片方は黒、もう片方は薄茶。毛色は異なるが、顔つきはよく似ている。折れそうなくらい身体が細く、こぼれそうなほど瞳が大きい。

「おお、どっちも人懐っこいな。よしよし、可愛いなあ」

自分の目尻が、へにゃりと下がっていくのがわかる。

短毛種のスムースチワワは、毛並みがビロードのように滑らかだった。

「その子たちは姉妹なの。黒いのがアンコ、茶色いのがキナコ。保護犬カフェに入ったとき、アンコたちと出会ってどうしても離れ難くなっちゃって。それで二匹とも引き取ったんだ。キッチンには絶対入らないように躾《しつ》けてあるんだよ」

「アンコとキナコか。美味しそうな名前だね。よろしくな」

舌を出して愛想を振りまく二匹を撫でながら、ステレオから小さく流れている二

○○○年代のJ－POPに耳を傾ける。宇多田ヒカルやMISIAなど、歌姫と称されたパワフルな女性シンガーたちが中心のラインナップで、都子もカラオケでよく歌っていた曲ばかりだ。

アンティークらしき木の衝立《ついたて》で仕切られたキッチンを窺《うかが》うと、奥から中華料理のような香りが漂《ただよ》ってきた。

「やけにお腹の空く匂いがしますね」

「すぐ用意する。洗面所で手を洗って、ダイニングテーブルの椅子に座ってて」

言われた通りにし、座り心地の良い木の椅子に座ると、アンコとキナコが足元に寝そべった。都子の手料理を待つこの時間が、とてつもなく心地よい。初めて入った部屋とは思えないほど、心が静けさの中に落ちていく。

「お待たせー」

都子が湯気を立てる料理や取り皿の載ったトレイを運んでくる。

テーブルの上に、深皿に山盛りにされた角煮のような料理と、白いソースの入った小皿が用意された。

「これ、ヤギの肉を中華のスパイスで煮込んだ料理。ヨーグルトソースをつけて食べるんだ。聡、ヤギって食べたことある？」

「ないです。沖縄とかでは普通に食べるみたいだけど……」

「そう。低カロリーで栄養素の塊なんだよ。臭《くさ》みがあるって言われてるけど、これは匂いの原因になる脂身《あぶらみ》を丁寧に除いてあるから、臭みなんて一切ないはず。ね、試してみてよ」

「じゃあ、いただきます」

ヤギ肉の角煮を箸で摘み、ソースをつけて頬張った。

「うん、イケる。ラムのような香りで、トロッと柔らかい。八角とシナモン、蜂蜜、紹興酒《しょうこうしゅ》と醬油、あとプチトマトで煮込んであるんですね。酸味のあるソースがよく合います。意外とさっぱりしてますね」

心配そうに見ていた都子が、「でしょ!」と頬を緩める。

「聡にそう言ってもらえて安心したー」

「いや、本当に美味しいです。都子さん、フレンチ以外も作るんですね」

「うん。和洋中オリエンタル、なんでもクライアントの要望に応えるようにしてる。今は中華系にハマってるんだ。練習でたくさん作っちゃったから、いっぱい食べてって。そうだ、これに合いそうな白ワインがあるんだよね」

いそいそともてなす都子の背中が、酷《ひど》くか弱く見えた。

——急に電話で振られちゃったんだ。

都子の言葉が、ずっと頭から離れない。

電話だけで理由も言わずに別れを切り出すなんて、湊さん、一体どういうつもりなんだ？

湧き上がる怒りを、聡は目の前の料理にぶつけるしかなかった。

ワインボトルを持ってきた都子は、何も気づかずに笑っている。

「やだ、そんなに勢いよく食べてくれるなんて。よかった、これからも試食に来てもらおっかな」

「いいですよ。今、転職先を探してる最中で、時間には余裕ありありですから」

ふたつのグラスにボトルのワインを注ごうとした都子の手が、ふと止まった。

「ねえ、次はなんの仕事に就こうと思ってるの？」

「飲食関係。本当に美味しいと思える料理を出す店で、サービスがしてみたいんです。僕もロッシーニのように初志を貫こうと思って」

そう告《つ》げた途端、「そうなんだ！」と都子が花のように口元を綻《ほころ》ばせた。

「だったら、激推しの仕事があるんだけど」

「激推しの仕事？」

「マネージメントの仕事。私のマネージャーだよ」

――思いもよらぬ申し出に、息を呑んだ。

「マネージャーって……具体的に何をすればいいんです？」

「スケジュールと帳簿の管理、車での送迎、現場でのサポート。それから、私の身の周りの細々したこととか。聡は料理もできるし味覚は確かだし、掃除なんかも得意だったよね？」

「それは、まあ……」

「実はね」

ワインボトルを持ったまま、都子は向かい側の椅子に座って聡の顔を覗き込む。

「前からいてくれるといいなって考えてたんだ。なんでも任せられる、優秀なマネージャー。こう見えても私、売れっ子シェフだからさ、お給料も弾んじゃう。ね、悪くないでしょ？　飲食関係の仕事だし、引き受けてくれないかな？」

もったいないくらいの話だった。

今の自分にとって、一番やりたい仕事かもしれない。

「服装は、現場に出るときは基本的にスーツ。厨房を手伝ってもらうときは、わたしと同じコックコートを用意する。うちでの打ち合わせとか雑用は私服でいいよ。どうかな、考えてもらえる？」

「あ……」

「ん？」

「ありがとうございます。よろしくお願いします」

迷う暇もなく、深々と頭を下げた。

できることなら、末永く都子のサポートをしていきたい。

なにしろ彼女は、仕事で行《ゆ》き詰《づ》まっていた自分の頬を、至高のひと皿で引っ叩いてくれた恩人なのだから。

「こちらこそ、よろしくね。私のマネージャーさん。じゃあ、ワインで乾杯しようっか」

やさしく微笑む都子の顔が、ただひたすら眩《まぶ》しかった。

足元ではアンコとキナコが、聡を見上げて緩やかに尻尾を振っていた。

2

片づけられない母と
チラシ寿司

「――はい。承知しました。来月の十一日、レンタルスペースでの懇親会ですね。五十名分の料理と飲み物。立食で予算はおひとり様一万円。――わかりました。あらかじめ現場を見学させていただき、内容のご提案をさせてもらいますね。――ええ、ありがとうございます」

スマートフォンの通話を終えた聡《さとる》は、自宅の広々としたキッチンで調理に勤《いそ》しむ都子《みやこ》のほうを窺《うかが》った。

木の衝立《ついたて》で仕切られたキッチンから、出汁《だし》の利いた煮物の香りが漂《ただよ》ってくる。冷房がほどよく効き、都子の好きな二〇〇〇年代のJ－POPが小さく流れるリビングは、アスファルトで増幅する都会の熱気を完全に忘れさせてくれるほど快適だ。

「ハウスダイナーからの依頼です。また立花《たちばな》社長が都子さんを指名してきたみたいですよ。今度は会社の懇親会だそうです」

聡が都子のマネージャーになって、早くも二カ月が経っていた。

京都の有名ホテルのメインダイニングで修業したのち、二年ほど前にハウスダイナーの敏腕女社長からヘッドハンティングされ、東京で出張シェフを始めたという都子。売れっ子の彼女には、ひっきりなしに仕事の依頼が入ってくる。その大半が常連からの指名なのだが、聡が辞めた保険代理店の立花も、すでに二度も都子を呼んでいた。

一度目は中目黒《なかめぐろ》の自宅で行った身内の食事会。そして二度目が今の電話である。ハウスダイナー経由で都子を呼びたがる立花は、すっかり彼女のファンになってしまったようだ。

「ありがたいよ。自宅に呼ばれたときはちょっと焦《あせ》ったけど。まさか、『ワシの嫁になってくれ』だなんてね。嫁って言い方、今は差別的だって避ける人もいるから、いかにも昭和生まれの男性って感じだよね」

妻に先立たれ、広い邸宅《ていたく》で息子夫婦と孫と暮らしている立花は、本気で都子を後妻に迎えたいと思ったらしい。

とんだ好々爺《こうこうや》のパワハラ社長だが、聡が会社を辞めるとき「お前はやれる奴だと思ってたのに」と残念がってくれた立花を、憎んだり恨んだりする気持ちはほぼ消えていた。自分に必要な社会勉強だったのだと、今は前向きに考えている。

「都子さん、社長になんて断ったんです？」

「断ってないよ」

鍋の火を止めてから、彼女はさらりと言った。

「はあ？　結婚するつもりなんですかっ？」

驚愕《きょうがく》で顎《あご》が外れそうになった。

「うん。でも、『あと三十年くらい結婚する気はないんです。三十年後にまたプロポーズしてみてください』って言ったの。『もうこの世にいないわ』って笑ってた」

——なんだ、暗に断ったんじゃないか。

安堵感《あんどかん》で膝の力が抜けそうになる。

「心配させちゃったかな？　ごめんね。私、本当にしばらく結婚なんて考えないつもりだから。恋愛とか、自分がコントロールできないことで悩んだりするの、疲れちゃったみたい。それに、あの社長さんみたいなギラッとした肉食系って、苦手なんだよね」

茶目っ気たっぷりに瞳を動かす彼女は、いたずら好きの少女のようだ。もらい物だというTシャツの胸元に、人気アニメのキャラクターがプリントされているので、余計にそう見えてしまう。

結婚なんて考えない。その言葉の奥には、元彼の丹波湊《たんばみなと》の存在があるような気がしてならない。都子を電話だけで無下《むげ》に振った湊のことを考えると、胸の辺りがどうしようもなくモヤついてくる。

都子が東京で出張シェフを始めた時期と、湊と別れた時期は重なっているようだった。きっと彼女は、京都で湊と育《はぐく》んだ過去を清算するために、心機一転して東京でひとり暮らしを始めたのだろう。

長身で穏やかな性格で、かなり女子人気が高かった湊。都子と同い年だから、今は二十九歳だ。彼の父親は、京都を中心に飲食店相手のコンサルタントを手広く請《う》け負《お》う、経営コンサルティング会社の社長だった。

「兄貴が会社を継ぐから気楽なんだ。いつか自分の店をやりたいな。現代風にアレンジしたおばんざいを出す店。そのときは都子も手伝ってくれよ」

「えー？　なんかプロポーズみたい」

おどける都子に、「そんな陳腐《ちんぷ》なプロポーズなんてしないよ。するならもっとシチュエーションを考える」と言った湊の真剣な表情が、今も脳裏に焼きついている。

湊は大学卒業と同時に父親の会社に入社し、仕事がてら飲食店経営の勉強を始めた。あの頃は、シェフの修業をしていた都子と湊と三人で、京都府内の店で食事をすることも多々あった。

だが、聡が大阪の生命保険会社に就職してから、すっかり交流が途絶えてしまった。都子とクルーザーで再会を果たさなければ、湊について考えることもなかったかもしれない。

今も彼は、父親の会社にいるのだろうか。それとも、自分の店をどこかで開いているのか。――コンタクトを取ってみたい気持ちもあったけど、都子が湊の話は避けたがるので、聡も余計な詮索《せんさく》はしまいと決めていた。

「――煮物ができたから、そろそろ準備しよっか。聡、チラシ寿司の具材は詰めてある？」

「保冷パックはスーツケースに入れました」

「そうだ、和食器の梱包《こんぽう》は……」

「もうしてありますよ」

都子は自宅で料理の下準備をし、仕上げを依頼先で行う。クライアントが少人数の場合は、盛りつける食器も料理に合うものを持参することが多かった。

仕事の準備をしているあいだ、チワワのアンコとキナコは都子の部屋で大人しく遊んでいる。二匹とも成犬で聞き分けが良く、聡が散歩に連れていっても暴走するようなことはない。都子がきちんと躾《しつ》けたからだろう。

「さすが敏腕マネージャー。聡に来てもらってから仕事が楽になったよ」

「それはどうも。僕も保険営業を辞めてよかったです」

心の底からそう思う。不特定多数の顧客を相手に生命保険を売るより、都子の相手をしているときのほうが遥《はる》かに楽しい。料理とサービスで人々によろこんでもらう出張シェフのサポートは、聡の性分に合っているようだった。

「今日のクライアント、入院してたお母さんの快気祝いなんだよね。どんなご家族だったか、行く前にもう一度確認してもいい？」

「了解です」

事前に単身で家庭訪問をし、打ち合わせをしてきた聡の頭には、すでにデータがインプットされている。

「ご依頼人は、富樫《とがし》穂乃果《ほのか》さん、三十七歳。家族構成は、父親の富樫英樹《ひでき》さん、六十九歳。足の骨折で入院中の母親・澄子《すみこ》さん、六十八歳。穂乃果さんの夫で婿養子の豊《ゆたか》さん、三十九歳。それから、穂乃果さんの妹・玲香《れいか》さん、三十三歳。計五人家族。英樹さんと澄子さんは年金暮らし。都子さんも知ってるでしょうけど、入院してる澄子さんは、引退した元有名演歌歌手です。コバヤシナオミの芸名で活躍されてました」

紅白歌合戦にも何度か出場経験のあるコバヤシナオミ。クジャクをモチーフにしたドレスなど、ド派手な衣装と抜群の歌唱力で話題をさらった人だ。二度の離婚を繰り返したのち、広告代理店に勤めていた現在の夫・英樹と再々婚。ふたりの娘が生まれてからも精力的に活動し、芸能界のご意見番としてワイドショーなどにも出演していた。

「これはあたしの独断だけどね」

というフレーズが口癖《くちぐせ》で、ずけずけと問題に切り込む豪快なキャラクターとして知られていたのだが、徐々に影を潜めていき、五年ほど前に突如引退。マスコミには一切登場しなくなった。

「そのコバヤシナオミこと澄子さんですが、現在は一般人として静かに暮らしてらっしゃるようです。お嬢さんで依頼人の穂乃果さん、夫の豊さん、妹の玲香さんは会社勤め。澄子さんが今夜帰宅するので快気祝いをしたい。自分も妹も仕事で多忙なため手の込んだ料理を作るのは難しいので、出張シェフを頼みたい、とのこと。メインは海鮮チラシ寿司を澄子さんがご希望。五人ともアレルギーは特になし。築五十年くらいの広い一軒家にお住まいで……」

そこまで言ったとき、ふと富樫家で覚えた違和感を思い出した。

「どうしたの？」

「いや、都子さんに報告するまでもないから黙ってたんですけど、富樫さんのお宅でちょっと気になる出来事があったんですよ」

「なに？　クライアント情報は全部共有しておきたいんだけど」

都子がリビングのテーブルに着いたので、自分も向かい側に座った。

「すみません、実はですね……」

聡は打ち合わせ時に見聞きしたことを、全て打ち明けることにした。

会社から帰ったばかりだった穂乃果は、スーツ姿のまま聡を迎えた。

「ふくよかで見るからに大らかそうな女性だ。

「わざわざ来てくださってすみません。散らかってますけど、気にしないでくださいね」

確かに、そこは物で溢《あふ》れていた。玄関から奥へと続く廊下の左側に、紐で括《くく》られた雑誌の山が延々と続いていたのだ。

「これ、処分しようと思って置いてあるんです」

聡が雑誌を見ていたからなのか、言い訳のように穂乃果が言った。

「雑誌って、いつの間にか溜《た》まっちゃいますよね。今は電子なんかでも読めるけど、僕は雑誌も本も紙派なんです。やっぱり、指でページをめくって読みたいですよね」

共感を込めて話しかけると、穂乃果は「違うんです」ときっぱり言った。

「わたしの雑誌じゃないんですよ。全部、うちの母が買い集めたものなんです」

母。つまり、引退した元演歌歌手のコバヤシナオミだ。

「二階の母の部屋が雑誌だらけになってて、埃《ほこり》を被ってたんですよ。階段にも雑誌が積まれてて、それに自分が足を引っかけて落ちちゃったんです。困っちゃいますよね。母が骨折で入院してるあいだに、処分しようと思って出してあるんです」

「なるほど。かなりの量ですね」

ひと山が三十冊くらい。それが八列あるから、総数は二百四十冊以上にもなる。山々の奥にある書店の紙袋にも、雑誌がぎっしりと詰め込まれている。

「まだあるんですよ。もう、家中が雑誌だらけ。毎日近所の書店に行っては何冊か買ってくるようになって。読んだら捨ててねって言っても、全然聞いてくれないんです。ほとんど読んでないんじゃないかな」

なぜ母親が雑誌を捨てないのか質問したくなったのだが、後ろで玄関扉が開いて「ただいま」と声がしたので、そこで話は終わってしまった。

「お帰り。堀川《ほりかわ》さん、妹の玲香です」

黒縁メガネが印象的な玲香は、穂乃果をひと回り小さくしたような細身の女性だった。

「出張シェフのマネージャーです。お母様の快気祝いでご依頼をいただいたので、献立の打ち合わせに伺いました」

「お世話になります。お料理、楽しみにしてますね。……ねえ、姉さん、この雑誌どうするつもり?」

挨拶もそこそこに、玲香が姉を問いただす。

「どうするって、全部処分するよ。廃品業者に頼もうかと思ってる」

「駄目だよ。母さんに捨てるって言ってないでしょ？」

「言ったらまた嫌だって言うに決まってるじゃない。それで溜め込んじゃったんだから」

　穂乃果はため息混じりで言い返した。

「それだけ大事なんだよ。勝手に捨てちゃうなんて、母さんがかわいそう」

「でも、もう置き場がないんだよ。埃まみれで不衛生だし、掃除機もかけられない。お母さんの部屋の掃除、いつもわたしがしてるんだからね。棚なんて歌手時代の写真とかＣＤでぎっしりなのに、床まで雑誌の山だらけになって大変なの。こっちの身にもなってよ」

「だからって、全部捨てることないんじゃないの？」

「またすぐ買ってきて溜めちゃうよ。散歩の途中に書店に寄るの、日課になってるんだから。入院してるあいだに捨てちゃえば、お母さんだって諦《あきら》めるはず……」

「最低！　だったら、あたしがどうするか考える。捨てないでそのままにしておいて」

　きつい口調で言い捨てて、玲香は廊下を進み二階へと続く階段を駆け上っていく。

——気まずい空気が流れ、穂乃果は作り笑いを浮かべた。

「すみません、お恥ずかしいところをお見せしちゃいました」

「いえ。早速ですが、まずはキッチンとお食事をされる場所を見せていただいて、それから献立のご相談をさせてください」

聡はあえてビジネスモードになり、穂乃果に誘われてキッチンに入ったのだった。

「——なるほど、片づけられないお母さんだったんだ。で、その集めた雑誌について、姉妹で意見の相違があったわけね」

「それだけじゃないんです。一番の違和感は、雑誌の種類にあったんですよ」

「どういうこと?」

都子に説明するために、リビングにあったマガジンラックを指差す。

「たとえば都子さんのラックには、料理雑誌やペット関係の雑誌が置いてある。ゴシップ誌やファッション誌はないですよね。あんまり興味ないから」

「まあ、そうだね。私もファッション誌くらい見るべきかもしれないけど」

「でも、都子さんらしいセレクトだと思います。並んでる雑誌や本を見れば、その人の趣味趣向がだいたいわかりますよね。だけど、富樫家の廊下にあったのは、コバヤシナオミ、じゃなくて澄子さんが読むような雑誌じゃなかったんです」

いぶかし気な都子に、聡は告げた。

「科学雑誌、メンズファッション誌、ティーンズ向けのアイドル雑誌、パソコン雑誌、バイク雑誌、経済雑誌。ざっと見ただけだけどジャンルがバラバラで、なんか変だなって思ったんですよね。ゴシップ誌やファッション誌もあったから、それはまだわかるんですけど、それ以外がしっくりこないんです」

するとと都子は腕を組み、首を斜めにした。

「……その澄子さんを知らないからなんとも言えないけど、たとえば、コバヤシナオミの記事が載ってる可能性はない？」

「五年も前に引退した演歌歌手ですよ。ゴシップ誌ならあるかもだけど、ほかの雑誌はまずないんじゃないですかね」

「じゃあ、家族の誰かのために買ってるとか？」

「その線は考えたんですけど、あの家に子どもはいないし、バイクに乗る人もいなさそうでした。それに穂乃果さんが、ほとんど読んでないって言ってたのも気になって。一体なぜ、澄子さんはいろんな雑誌を買い込んで、読みもしないのに捨てなかったんでしょうね？」

聡が疑問を投げかけると、都子は即座《そくざ》に応答した。

「いろいろ考えられるよね。雑誌そのものではなく、買いに行く書店に思い入れがあって、応援するために適当な雑誌を買ってるとかね」

「なるほど。個人書店さんなら、その経営者さんと知り合いの可能性もありそうです。でも、紙袋があったからわかったんですけど、有名書店のチェーン店なんですよ。富樫家からの帰り道に通りかかったら、三階建ての大型店でした。だからといって、その書店に思い入れがないとは限らないけど。それに適当な雑誌を買ってるだけなら、捨てたくないと言い張る理由がわからないですよね」

「そうだねえ。もったいないから、って理由だけでそんなに雑誌を溜め込むのも、おかしな話だし。でもさ、何に価値を見出すのかは、人それぞれだから。どんなに高価な宝石よりも、大切な人からもらったイミテーションのほうが大事な人もいるだろうしね」

——ふと思い出した。大学生の頃、都子はおもちゃのような青いビーズのリングを、ずっと左の中指につけていた。あれは、祇園祭の露店で湊が面白半分に買って、都子にプレゼントしたものだった……。

切なさがよぎった聡の前で、彼女は明るく話を続けている。

「それに、どうしても捨てられないものって、誰にでもあるんじゃないかな。聡にもあるでしょ？」

「それはそうですね」

自分にだって、金銭的な価値はなくても捨てられないものがある。

家族のアルバム、卒業証書、もう聴かないけど大事だったCD、弾かないのに飾ってあるギター。それから……都子と湊と学生時代に行った陶芸《とうげい》体験で、生まれて初めて作った不細工な小鉢。

それは都子も同じだったようで、あのとき聡の隣で作った大皿が、食器棚の中に入っている。彼女は陶芸が初めてではなかったから、なかなかの出来栄えだった。食卓で使っても遜色《そんしょく》はなさそうだ。

……湊さんも、一緒に作った陶器の皿を今も持ってるのかな。

彼も手先が器用な人だった。聡が苦心して粘土《ねんど》をこねくり回していると、「無理に整えようとしなくていいんじゃないか？　歪《いびつ》になったって、それが味になるはずだよ。聡だけの個性だ」と、不細工な小鉢を作った自分を丸ごと肯定してくれた――。

湊についてもっと考えそうになってきたので、無理やり思考を止めた。

「澄子さんの胸の内は誰にもわからない。私だったら、妹の玲香さんと同じように、無断で捨てるのには抵抗を感じるかもしれないな。スペースや掃除の都合とかあるだろうから、穂乃果さんの決断を責めることもできないけど」

「確かに、難しい問題かもですね。ああ、それから……」

もうひとつ、富樫家には奇妙な点があったのだが、出かける時間が迫っていた。

「いえ、なんでもないです。仕度しましょうか」

「そうだね。雑誌の件はサービスには関係なさそう。一応、そんなことがあったって、記憶には留めておくね。さー、煮物を詰めちゃおっと」

仕上がっていた冬瓜《とうがん》と塩豚の煮物を、都子が手際よくタッパーに詰めていく。いかにも楽しそうに往年のJ－POPを口ずさんでいる。

聡もスーツケースを開けて、中身を再確認した。

「――これでよし、と。都子さん、出張シェフを頼む個人宅って、意外と多いんですね。今月はこれで六件目ですよ」

「みんな忙しいからね。だけど、外食するより家で気楽に美味しいものを食べたい、って思う人が増えてるんだよ。お陰で私みたいな仕事に需要《じゅよう》があるってわけ。いろんなお宅に行かせてもらえて楽しいよ。今夜は久々に和食の依頼だし、腕が鳴っちゃう」

都子は鼻歌交じりで、準備を進めている。

「そのTシャツ、ちゃんと着替えてくださいよ」

「わかってるよ。仕事用の服は準備してあるもん」

とか言っているが、聡は一度だけ目撃したことがある。部屋で着ていた〝猪突猛進《ちょとつもうしん》〟と漢字の入ったTシャツのまま、上着を羽織《はお》って仕事に出てしまったのだ。コックコートで誤魔化《ごまか》せるから別にいいのだが、都子には明らかに抜けている面があった。料理には隙《すき》がないのだけど。

「――じゃあ、行ってくる。アンコ、キナコ、お留守番頼むね」

ブラウスとパンツに着替えた都子は、玄関先まで見送りに来た二匹に手を振り、聡と共に部屋をあとにした。

このときはまさか、都子が富樫家で探偵まがいの推理をすることになるとは、思ってもいなかった。

❖

富樫家の住まいは、八王子《はちおうじ》の住宅街にあった。

瓦《かわら》屋根で二階建ての古風な日本家屋。庭には立派な松の木があり、部屋数もかなりありそうだ。人気演歌歌手だったコバヤシナオミの家だと思うと若干地味に感じるが、富樫一家が代々住んでいる家のようだった。

二台分の駐車スペースに、国産車が一台だけ停まっている。聡は運転してきた都子のワゴン車を停め、二個のスーツケースを玄関まで引きずっていく。

チャイムを押すと、中からラフなコットンワンピース姿の穂乃果が顔を出した。挨拶を交わしてから廊下にブルーシートを敷き、スーツケースを置かせてもらう。中から折り畳み式のワゴンを取り出し、調理道具や食材を載せていく。

「まだ散らかってるんですけど、お入りください」

穂乃果の言う通り、玄関脇に大きな段ボール箱が置いてあり、中に大量の雑誌が入っていた。以前に来たときに見た雑誌の山だ。廊下の奥にも段ボール箱が点在している。

「これ、あとで廃品業者さんが来るから、全部回収してもらうんです。反対してた妹もやっと承諾《しょうだく》してくれたんですよ」

こちらが尋ねたわけではないのに、穂乃果は聡たちに説明した。

「あ、グルメ雑誌がある。ちょっと気になります」

都子が朗《ほが》らかに言うと、穂乃果は「よかったら持ってってください。どうせ捨てちゃうものだから」と雑誌を一瞥《いちべつ》した。

「じゃあ、あとで見させてもらいますね」

「何冊でもどうぞ。キッチンはこちらです」

穂乃果の先導で都子が廊下を歩いていく。聡はワゴンを引いてキッチンへ運び込む。

「ここは片してあるので、お好きなように使ってください」

「使いやすそう。最近リフォームされました？」

レンジ台を見ながら、都子がうれしそうに言った。

八畳ほどのダイニングキッチン。窓にはレースのカーテンがかかり、ダイニングテーブルにはミカンの盛られた籠《かご》が置いてあって、家庭的な雰囲気が漂っている。大きなシンクも四つ口コンロのレンジ台も、まだ新品のように磨《みが》き上げられていた。

「ええ、半年くらい前に母の希望で。でも、母はほとんど使わなくなっちゃったんです。実は……」

穂乃果が何かを言いかけたとき、隣のリビングからワイシャツにスラックスの男性が現れた。

「こんにちは。穂乃果の夫の豊です。今日はよろしくお願いします。うち、出張シエフなんて頼むの初めてなんで、すごく楽しみです」

にこやかに挨拶した豊は、すぐさま腕時計を見ながら妻に話しかけた。

「なあ、そろそろお義母《かあ》さんの迎えに行ったほうがいいよな。高速が混んでるかもしれないし」

「そうだね。お願いできる？」

「ああ。本当はお義父《とう》さんにも来てほしいんだけど……」

「父さん、まだぎっくり腰が治ってないから。悪いんだけど、あなたひとりで行ってほしいな」

「だよな。お義母さん、僕のことわかってくれたらいいんだけど」

「ん？　わかってくれたら？　どういう意味だ？」

聞き耳を立てそうになったが、豊は口をつぐんでしまった。

「じゃあ、気を付けて。夕飯は七時からだからね」

「ああ、何かあったら電話するよ。皆さん、失礼しますね」

豊を送り出してから、穂乃果は都子と聡に事情を打ち明けた。

「あの、母が帰ってくる前に言っておきますね。実は、少し前から軽度の認知症を患《わずら》って、たまに家族のこともわからなくなるんです。リフォームしたキッチンには立たなくなって、自分の部屋は散らかし放題。ご覧の通り雑誌だらけになっちゃって。だけど、食欲はあるし日常生活に支障はないので、気にしないでいてやってください」

だからなのか、と聡は納得した。

雑誌をランダムに買い込んで、それを捨てられないでいるのは、きっと澄子の病に原因があるのだろう。

　聡も母とふたり暮らしだ。まだ六十歳と若く、スーパーでレジ打ちのパートをしている母はいたって健康に見えるが、いつ何があってもおかしくはない。その際には狼狽《ろうばい》などしないように対処しようと肝《きも》に銘じた。

「すみません、お食事はリビングでされるんですよね。拝見してもいいですか？」

　コックコートを身に着けた都子が、穂乃果に言った。

　料理を運ぶ前に、どんなテーブルなのか確認しておくのである。

「もちろんです。こちらにどうぞ」

　キッチンの奥にあるガラス戸を開けて、穂乃果が都子をリビングに案内する。聡は打ち合わせ時に入っていたが、何気なくあとに続いた。

　右手に大窓があり、庭の松の木が見える広々とした板の間のリビング。

　真っ先に目に入るのは、正面に置かれた木目調の仏壇だ。右から左に向かって大・中・小と大きさの異なる三つの位牌《いはい》が飾られ、一切れのカステラとミカンが添えられている。前回打ち合わせで来たときは、カットしたバームクーヘンと桃が供えられていた。先祖を大事にしている家庭のようだ。

　中央に敷かれた絨毯《じゅうたん》の上には脚の短い板テーブルが置いてあり、その周りを五つの座椅子が取り囲んでいる。仏壇側から見て右奥の角には昔ながらの大きなテレビが存在感を放ち、コバヤシナオミのブロマイドや音楽賞のトロフィーが飾られたテレビ台の棚にも、雑誌がぎっしりと並んでいた。

「そうだ、ここの雑誌も片さないと」

穂乃果は書店の紙袋を取り出し、中に雑誌を入れていく。テレビ台だけでなく、その横にあるこれまた昔ながらの電話台の棚にあった雑誌も、無造作《むぞうさ》に放り込む。

清潔だけど違和感のあるリビング。その一番の原因は、電話台の上に掛けられた三つの額縁にあった。

古びた額縁の中に入っているのは、どこか幼いタッチのクレヨンの絵だった。

一番上の絵は、飛び跳ねている二頭のイルカと一頭の子イルカ。

その右下にあるのは、水中で泳ぐ大きなタコと無数の小さなタコの絵。

左下の絵には、バーベキューをしている家族らしき男女が描かれている。

小さな子どもはいないはずの富樫家で、その一角は明らかに異質に見えた。

――それが前回の訪問時に聡が感じた、リビングの奇妙な点だった。

「では、仕度を始めますね。聡、テーブルセッティングをお願い」

いつものように余計なことは口にせず、都子がキッチンに引っ込んだ。

すぐさま、二〇〇〇年代のＪ－ＰＯＰが小さく鳴り出す。都子がスマートフォンでかけているのだ。

彼女いわく、好みの音楽を聴きながら仕事をすると、ストレスによる脳の疲労を癒す脳内物質の機能が高まり、集中力や創造力が格段に上がるという。大音量ではなく、焼く・煮る・揚げるなどの調理音が、しっかり聞き取れるくらいに流すのがコツらしい。

聡も頭の中でJ-POPのリズムを取りながら、持参したクリーム色のクロスをリビングのテーブルにかけ、焦げ茶色の布製ランチョンマットを敷き、取り皿と箸をセットしていく。どんな料理にも合いそうな陶器の小皿、天然木の箸と箸置き。それらも全て、都子が家から持ってきたものだ。

同じく持参した小さなガラス花瓶に水を張り、一輪の白いダリアとミントの葉を挿してテーブルの真ん中に置くと、爽《さわ》やかなテーブルコーディネートが完成する。

「ステキ。花なんて普段テーブルに飾らないから、新鮮ですね」

近くで見守っていた穂乃果が、しきりに感心している。

ほんの少し手を加えるだけで、日常の場が特別な場へと変わる。その変化でクライアントをよろこばせる瞬間が、聡にとっては得も言われぬ快感だった。

「ありがとうございます。うちのシェフは腕利きですので、料理にも期待してください」

そう告げたとき、リビングのドアが開いてポロシャツにスラックスの老人男性が顔を出した。この家の主で父親の英樹だ。さり気なく腰をさすっている。

「穂乃果、二階の廊下にも雑誌が積んであるぞ」

「ああ、そうだ。それも段ボールに入れて出さなきゃ。お父さん、腰は大丈夫？」

「今朝よりはな」

「お母さんが帰ってくるまで寝てたほうがいいよ。あ、こちら、ハウスダイナーでお願いした出張シェフのスタッフさん」

「堀川です。よろしくお願いします」

「これはどうも。いやいや、テーブルが見違えたな。どこかのレストランみたいだ」

英樹の明るい声で、また聡の心に温かな灯《あか》りが点《とも》った。

「もうすぐ廃品回収の業者さんが来るの。二階の雑誌も段ボールに詰めなきゃ」

「結構あるぞ。父さんも手伝うか？」

「いいって。ぎっくり腰が悪化したら困るでしょ。部屋で横になってなよ」

「それなら、僕がお手伝いしますよ」

とっさに言葉が出ていた。

自宅で下準備をしてきたので、都子の調理はさほど手間がかからないはず。聡がサポートするまでもなかった。

「でも、そんなことまでしていただくわけには……」

恐縮《きょうしゅく》する穂乃果に、聡は言った。

「キッチンの掃除なんかも請け負うことがあるんです。もちろん、追加料金などはいただきません。雑誌の片づけなら段ボールも運ばないといけないでしょう。結構重いはずですよね。ご迷惑でなければ、手伝わせてください」

雑用を請け負うのも、顧客サービスの一環である。

「じゃあ、お願いしようかな。二階に来ていただけます？」

「お任せください」

聡はワイシャツの袖をまくり上げ、キッチンで調理をしている都子にひと言断ってから、穂乃果と共に二階へ向かった。

二階の廊下には、雑誌の山が五つほど並んでいた。

「すみません、この段ボールに入れて、玄関まで運びたいんです」

「了解です」

穂乃果が持ってきた大きめの段ボール箱に、積まれていた雑誌を入れていく。

さり気なく見ると、ゴシップ、旅行、スポーツ、科学、アウトドア、政治経済、グルメと、やはりジャンルは様々で統一感がない。まるで美容室に置いてあるタブレットのサブスク雑誌のように、集めたジャンルが多岐《たき》にわたりすぎている。

「これ、全部お母様が買った雑誌なんですよね？」

「ええ。いろんな種類がありますよね。うちの母、毎日父と一緒に散歩をするんです。父が目を離さないようにしてるんですけど、書店にだけは必ず入るんですよ。で、雑誌を何冊か買う。なんでこれを買ったのか本人に聞いても、『なんでだっけ？』って首を傾げちゃうんです。自分でもよくわかってないみたい」

「お父様は何もおっしゃらないんですか？」

「父には、雑誌コーナーで適当に物色してるようにしか見えないらしくて。でも、レジに並ぶ母が楽しそうだから、無理に止めないようにしてるみたいなんです」

「これだけの量になるまで、相当な時間がかかったんでしょうね」

「軽度の認知症って診断されてからだから、もう五カ月くらいになりますね。わたしが何度か捨てようとしたんだけど、『捨てちゃダメだ』って泣きそうな顔で言い張るんです。でも、『なんでダメなの？』って聞いても答えないんですよ」

集めた本人には、捨てられない理由が明確にあるのかもしれない。それを理論的に説明できないだけで。

「入院してるあいだが整理するチャンスだと思ってたんだけど、妹がなかなか頷《うなず》いてくれなかったんです。母が帰ってきたら悲しむかもしれないって。だけど、買ったことも忘れてるかもしれない。このままでは溜まる一方だからと説き伏せて、やっと承諾させたんです」

穂乃果の話を聞いて、自分だったらどうするか考えてみた。

理由はわからないけど、母親がせっせと買い込んだもの。やはり都子が言っていたように、留守中に黙って捨ててしまうのは忍びない。とはいえ、あまりにも溜まってしまうと置き場所に困るし、衛生的にもいいとは言えない。せめて、母親の承諾を取りたいところだが、本人が捨てたくないと言い張るのなら堂々巡りだ。

結論など出せぬまま、廊下の雑誌を全て段ボール箱に入れた。

時間があるなら一冊ずつ中身を見て、このジャンルレスな雑誌の山を澄子が買った理由を考えてみたかったのだが、それは余計なお世話というものだろう。

「これで全部入りましたね」

「手伝わせてしまって申し訳ないです。玄関までお願いします」

ずっしりと重い段ボール箱を、穂乃果と共に一階の玄関に運んだ。

後ろから英樹が来て、「すみませんね」と声をかけられた。

「いえ、こういう雑用は得意なんです。ガムテープを貸してください」

穂乃果と一緒に大量の段ボール箱の蓋をガムテープで塞《ふさ》ごうとしていたら、玄関ドアが開いて妹の玲香が「ただいま」と入ってきた。

「ああ、お帰りなさ……」

「姉さん、やっぱり捨てちゃうんだ」

恨みがましい口調で、玲香が穂乃果の言葉を遮《さえぎ》った。

「捨てるよ。あんただって承知したはずだよね」

「だけど、全部はかわいそうすぎる。せめて半分とか、譲歩《じょうほ》してあげなよ」

「何度も言わせないでよ。お母さん、自分がなんで雑誌を買ってるのか、全然わかってないんだよ。これからも買ってくるだろうから溜まる一方なの。昔から頑固だから言ったたって聞かないでしょ。処分するなら今しかないんだよ」

穂乃果はうんざりしたような表情で、妹を見ている。

「黙って全部捨てるのはよくないよ。部屋に入って買ったものが全部なくなってたら、ショックを受けちゃうかもしれないじゃない。半分は残しておこう。ねえ、父さんもそう思うでしょ？」

急に玲香から話を振られた英樹は、気弱そうに「ああ」と頷いた。

「でもな、穂乃果だって掃除が大変だから、この機会に全部片しても……」

「父さん、どっちの味方なの？　母さんが買い込んでた雑誌、全部捨てちゃってもいいの？　いつも書店に行って楽しそうに買ってる、だから無理に止めないんだって、父さん言ってたよね？」

「ちょっと玲香。ハウスダイナーの方が来てるんだから」

「姉さんは黙ってて。じゃあ、第三者の方に聞いてみる。これ、うちの母が捨てたくないって言ってた雑誌なんです。全部処分しちゃっていいと思います？」

なぜか矛先《ほこさき》を向けられて、聡は返答に詰まってしまった。

「玲香、いい加減にしなさい。ご迷惑だろう」

英樹があいだに入ってくれたが、姉妹は無言で睨《にら》み合っている。

こんな場合、どう口を挟めばいいのか見当がつかない。だが、このままではせっかくの快気祝いが台無しになってしまうかもしれない……。

「――あの、富樫様」

いつの間にか、背後に都子が立っていた。

「ご夕食の準備が整いました。皆様がお揃いになったらお出しします。ところで……」

そこで都子は息を吸い、凜《りん》とした声を放った。

「ちょっとひと言、言わせてもろてよろしいやろか」

富樫家の三人が、ぎょっとした表情で彼女を見る。

京都弁が出たということは、感情が高ぶっている証拠だ。

「それはお母様が買い集めはった雑誌なんですよね。なぜ買《こ》うたんか、お母様自身もわからへんいうことやけど、意味がないわけない思うんです。表層上の認知能力が衰えたとしても、深層心理では意味のある行動を取ってるケースって、意外にあると聞きますし。せやし、お母様がなぜこの雑誌類を買わはったのか、なぜ捨てたないんか、もう一回考えてみませんか？」

その建設的な提案に、「ですよね」と玲香がすぐさま賛同した。

「あたしもシェフさんと同じで、なんか意味があるような気がしてたんです。姉さんのように全部捨てればいいという短絡的な思考はよくないと思う。もう一度雑誌の中身を見て考えてみます」

玲香は屈《かが》んで段ボール箱から雑誌を取り出し、ページをめくっていく。

「だけど、もうすぐ廃品業者さんが……」

穂乃果は近くに立ったまま、おろおろしている。

「時間がありまへんな。うちも中を見せていただきます」

都子が廊下にあった段ボール箱に手を伸ばす。

「じゃあ、僕も失礼して」

実は中を調べたくてたまらなかった聡も、箱の中から雑誌を取り、廊下に膝をついた。

バイク雑誌をパラパラと見てみたが、マシンの紹介やツーリングの様子、お勧めスポットなどが掲載されているだけで、ヒントになりそうな記事は見当たらない。

当然のことながら、コバヤシナオミのコの字もなかった。

隣にいる都子も腰を屈め、猛スピードで数冊の雑誌をチェックしている。

穂乃果と英樹は、三人の様子を困り顔で眺めている。

しばらくページをめくる音だけがしていたのだが、いきなり「これかもしれへん」と都子が立ち上がった。

「何かわかりました?」

経済雑誌を持っていた玲香が、息せき切って尋ねる。

「ええ。お母様は文庫でも単行本でもなく、雑誌を買うたはりました。雑誌だけの特徴が、購入動機やった可能性があります」

「雑誌だけの特徴……?」

聡はつい、オウム返しをしてしまった。

「ほぼ活字だけの書籍と違《ちご》て、雑誌にはグラビア記事が掲載されてます。つまり写真ですわ。私がチェックした雑誌には、全て共通する写真記事がありました」

聡はあわてて、持っていたゴシップ雑誌の写真ページを開いていった。

巻末に海外旅行のPR記事がある。ハワイ、グアム、ミクロネシア。さっき見たバイク雑誌との共通点を探る。――ツーリングのお勧めスポットで紹介されていた、風光明媚な場所。それは……。

「もしかして、海？　海に関する記事ですか？」

「ご明察」都子が鋭く言った。

「皆さん、適当な雑誌を見てください。どこかに海の写真、もしくは海洋生物の写真が掲載されてるんやないかと」

都子の推測を受け、穂乃果と英樹も雑誌を見始めた。

あった！　こっちにもある。と、口々に海の記事があったことを報告する。

科学雑誌を見た聡は、海洋生物学者のインタビュー記事を発見した。その学者はエビやカニなど甲殻類の生態を研究しているらしく、海中写真がいくつか掲載されている。

「お母様は、海に関する写真記事に反応し、その雑誌を集めてはった。おそらくそれで間違いないと思われます。では、一体なぜ、そんなことをしたはったのか。皆さん、お手数ですがリビングに来ていただけますやろか。僭越《せんえつ》ながら、そこで私の考察をお話しさせていただきます」

すたすたとリビングへ向かう都子は、まるで容疑者を集めて犯人を言い当てる探偵のようだった。

全員がリビングに入ると、都子は真っ直ぐ仏壇へ歩み寄った。

三つの位牌が並び、ミカンとカステラが供えられた仏壇だ。

「順を追ってご説明しますね。うちが最初に気になったのは、このご位牌です」

彼女が何を言うのか、誰もが黙って待ち受けている。

「大、中、小と三つのご位牌が右から並んではります。一般的に考えると、お仏壇の右手が上座になりますよね。そやから、右の一番大きなお位牌は、先に亡くなったご先祖様。もしかしたら、こちらのお爺様に当たる方やないですか」

「そう、私の父です」英樹が頷く。

「ご回答いただき、恐れ入ります。となると、真ん中にある中くらいのお位牌は、お婆様に当たる方？」

「ええ、母です」と再び英樹が答える。

「やっぱりそうやったんですね。では、左にある小さなお位牌。こちらはどなたを祀《まつ》られたものなんでしょう？　サイズからして、お子様のような気がするんやけど……」

「それは……」穂乃果がおもむろに口を開く。

「わたしの息子。八歳で病死した陽太《ようた》、です」

そう言われた瞬間、都子は気の毒そうな表情を浮かべた。

穂乃果さんと豊さんには、息子さんがいたのか。なるほど、だからなんだ。

聡がリビングを見たときの違和感が、都子によって解き明かされていく。

「不躾《ぶしつけ》な質問にお答えくださり、ありがとうございます。もうひとつだけ質問させてください」

都子は電話台に近づき、額縁に入ったクレヨン画を指差した。

「ここに飾ってあるクレヨン画は、陽太さんが描かはったもんやないですか?」

「……はい。もしかして、だから母は……」

何かに気づいたのか、穂乃果の唇が細かく震えている。

額縁に入った三枚の古びたクレヨン画。

一番上に掛けてあるのは、海上でジャンプする二頭のイルカと一頭の子イルカ。

その右下の絵は、海中で泳ぐ大きなタコと無数の小さなタコ。

そして左下にあるのは、真っ赤な太陽が描かれた海辺で、バーベキューの串を持っている男の子と、その子を取り巻く五人の大人たち。誰もが水着姿で、見ているこちらも自然に口元が緩んでしまうほど、楽しそうに笑っている。

「この三枚の絵には全て、海やビーチ、海洋生物が描かれてます。陽太さんは、海がお好きやったんですね」

神妙な面持ちで都子が言うと、玲香が「ヨウちゃん！」と叫んだ。

「母さんはヨウちゃんのために雑誌を買ってたんだ！　それで海に関する写真記事を集めてたんだよ！」

その言葉に、都子は大きく頷いた。

「そうや思います。お母様は、お孫さんが好きだった海に関する写真を、混濁《こんだく》する意識の中で必死に集めてはった。陽太さんに見せてあげたいという一途《いちず》な想いが、お母様を突き動かしてたんやないでしょうか。毎日書店に行っては適当な雑誌を手にし、ページをめくって海の記事を見つけては、衝動的に買い集めてはった。そんな気がするんです」

「だからか」聡は声を漏らした。

「陽太くんのために買った雑誌だから、どうしても捨てられなかったんだ」

都子はクレヨン画から目を離さず、無言で肯定している。

絵の中でバーベキューをしている六人は、陽太が描いた富樫家の面々なのだろう。

子どもはいないはずなのに、なぜか飾られていたクレヨン画。今日はカステラ、その前はバームクーヘン、子どもが好みそうなお菓子が仏壇に供えられているのも、陽太のためだったと思われる。

「そ、そんな……」

茫然《ぼうぜん》としていた穂乃果が、声を絞り出した。

「そんな、お母さん……。それなのに、わ、わたしは……」

穂乃果は口元を押さえ、リビングを飛び出していく。

「姉さん！」

穂乃果のあとを玲香が追う。

聡はなす術《すべ》もなく、姉妹の消えたリビングのドアを見つめていた。

「……うちの家内は、陽太を溺愛《できあい》してたんですよ。あの子は私たちの天使だった」

英樹が仏壇の奥に手を伸ばし、位牌の陰に隠れていた写真立てを取り出した。

おかっぱ頭で利発そうな男の子が、指でVサインをしている写真だ。

「生まれつき身体《からだ》が弱くて、何度も手術を受けて。家にいるよりも、病室で過ごすほうが長いくらいだったんです。私らも入院中の陽太を何度も見舞いに行きました。あの子にせがまれて、海洋図鑑やらお絵描きセットやらを持ってね。……海が好きで、大きくなったら海を調べる学者になる、なんて夢を語ったりしてました。この絵は、闘病中に陽太が描いたものなんです。本物の海なんて見たことがなかったから、想像だけで一生懸命描いて……」

やさし気な英樹の瞳が、涙で濡れている。

聡の脳裏に、幼い少年の姿が浮かんできた。

日当たりの良い病院のベッドで、スケッチブックを抱えている少年の後ろ姿だ。

白いパジャマを着た彼は、せっせとクレヨンを動かしている。

「……ああ、一度でいいから綺麗な海に連れてってやりたかった。元気になったら家族で沖縄にでも行こうねって、いつも話してたんです。それなのに、叶わないままあの子は……」

英樹が声を詰まらせた。

「お孫さんは、ご家族と過ごす時間が大事やったんでしょうね。今もあの絵の中で、皆さんとバーベキューをしてはる。とても楽しそうに。素敵な絵や思います」

都子に言われて、英樹は目をこすりながら微笑んだ。

「ええ。あの絵を見ていると、陽太の笑い声が聞こえる気がします。うちの家内には、今も聞こえてるのかもしれませんね」

みんなで海に行こう。イルカとタコを見て、ビーチでバーベキューをしよう。

病院のベッドでクレヨン画を描いていた少年は、そう言って無邪気に笑っていたのだろうか。

実物を見ることが叶わなかった遥かな海へ、想いを馳せていたのだろうか……。

「ちょっと失礼しますね」

胸が締めつけられた聡は、静かに仏壇の前へ行き、手を合わせて祈りを捧げた。

気づくと都子も隣にいて、目を閉じ何かを祈っていた。

「あー、謎が解けてすっきりした。お腹も空いちゃった」

リビングのドアから、玲香が笑顔で入ってきた。横にいる穂乃果の肩を抱いている。

穂乃果は、目を真っ赤に腫《は》らしていた。

おそらく、洗面所にでも行って、涙を絞り切ってきたのだろう。

「あたし、ヨウちゃんのこと思い出すことが少なくなってた。もう亡くなってから五年以上も経ってるしね」

妹の言葉に、穂乃果が小さく首を縦に振る。

五年前といえば、コバヤシナオミが芸能界を引退した頃だ。

突然の引退の理由には、最愛の孫を失ったことが関係していたのかもしれない。

「だけど、母さんはちゃんと覚えてたんだ。何も言わないけど、ずっとヨウちゃんを想ってたんだね。ねえ、姉さん」

「……うん」

「母さん、今夜は海鮮チラシ寿司がいいって言ってたけど、よくよく考えたら、チラシ寿司ってヨウちゃんの好物なんだよね。お魚が一杯入ってるから好きだって、よく言ってたもの。だから母さん、チラシ寿司を希望したのかもよ」

「そう、なのかな……」

しきりに瞬きをする穂乃果。赤い目がまた潤《うる》んできたようだ。

「あのね、ちょっと考えてみたの。あの雑誌なんだけどさ」

玲香が何か提案しようとしたら、ピンポーンと玄関チャイムの音が響き渡った。

「廃品業者だ」

ひと言だけ残して、穂乃果が玄関へと向かった。そのあとを「姉さん、待って」と玲香が続く。

――いけない！　あれを捨てたら澄子さんが……！

聡はとっさに姉妹のあとを追った。都子もついてくる。

「遅くなりましたー。お荷物を引き取りに伺いました」

穂乃果が開けた玄関扉から、キャップに作業着姿の青年が顔を出す。

「お荷物、こちらの段ボール箱でよろしいですか？」

「あの、ひと言……」と都子が声をかけようとしたのだが、その前に穂乃果は返事を待つ青年に向かって、はっきりと言った。

「いえ、廃品を出すのはやめます」

「はい？」

キョトンとする青年の前で、穂乃果は深々と腰を折った。

「お呼びしたのに申し訳ないです。この段ボール箱の中身は、捨てるものじゃないんです。だから、お引き取りいただきたいんですよ。出張料はお支払いしますので、どうかお願いします」

目を白黒させる青年に、玲香も穏やかに告げた。

「そう、ここにあるのは廃品なんかじゃない。とっても大事なものなんですよ」

よかった……。

玄関に並んで立つ姉妹の背後で、聡は都子と笑みを交わし合った。

❖

それからほどなく、豊が澄子を連れて帰宅した。

白髪のパーマ頭でうっすらと化粧をした澄子は、紺地にグレーの花柄のワンピースを着ていた。いつも派手に着飾っていたコバヤシナオミとは別人のようだが、思っていた以上に元気そうだった。

「この方がね、わざわざ車で送ってくださったの。ご親切に、すみませんね」

義母から礼を述べられ、豊は苦笑を浮かべている。

「やだな、母さん。豊さんだよ。穂乃果姉さんの旦那さん」

玲香に言われても、澄子はぼんやりと周囲を見回している。

玄関に積まれていた段ボール箱は、全て玄関脇にある客間に移動させてあった。

「お母さん、今夜はプロの方に料理を作ってもらったの。座って乾杯しよう」

穂乃果の声で、五人がリビングの席に座る。

聡が運んだビール瓶やウーロン茶をそれぞれがグラスに注ぎ合い、「退院おめでとう」と乾杯をする。

素早く一品目をランチョンマットに置いていくと、キッチンからコックコート姿の都子が登場した。

「皆様、改めまして、出張シェフの九条《くじょう》都子と申します。本日は、お母様の快気祝いということで、お料理を作らせていただきました。まずは、トウモロコシと白《しろ》味噌《みそ》のすり流しからお召し上がりください」

都子が持参した陶器の小鉢に、ぶぶあられをあしらった冷たいすり流しが入っている。

早速、匙《さじ》に手を伸ばした澄子が、ひと口食べてにっこり笑った。

「美味しいねえ。ここはなんてお店なんだい？」

「もー、ここは母さんの家。やっと家に帰ってきたんだよ。豊さんが連れ帰ってくれたの。テーブルセッティングが素敵だから、お店と勘違いしたんじゃないの？」

「あら、うちだったの。穂乃果、ずいぶん痩《や》せたんじゃない？」

「あたしは玲香。間違えないでよー」

玲香に間違いを指摘されても、澄子は反応せず匙を動かしている。

「穂乃果は妹のレイちゃんより肉肉しいもんな」

「やだな、それってわたしが太いってこと？」

夫の軽口を、穂乃果は真顔で受け止めた。

「豊くんの言う通りだ。穂乃果は子どもの頃から大柄だったからな」

「お父さんまで。これでも少し痩せたんだからね」

「え？ どこが？」

「ちょっと豊。あなたくらいは味方しなさいよ」

和やかに家族の団らんが始まった。その場を都子と提供できることが、うれしくて誇らしい。

たまにズレた発言をするけど笑顔を絶やさない澄子は、実に愛らしい女性だった。ズケズケと物申すコバヤシナオミは、彼女が芸能界で被っていた仮面だったのかもしれない。食欲も旺盛《おうせい》で、提供した料理を綺麗に平らげている。

アメーラトマトの器《うつわ》にホタテのムースを入れ、トマト餡《あん》をかけた冷菜。アボカドと紫ウニの和《あ》え物《もの》。鰻《うなぎ》と万願寺《まんがんじ》とうがらしの焼き物。鮎《あゆ》と湯葉の南蛮漬《なんばんづ》け。それから、都子が自宅で準備してきた冬瓜と塩豚の煮物。快気祝いの料理が「美味しい」の声と共に、次々と器から消えていく。

「味つけがあっさりしてるから、いくらでも食べられそう。今日は九条さんと堀川さんのお陰で本当に助かりました」

穂乃果の言葉に五人から拍手が沸《わ》く。

聡はこそばゆく感じながら、一番の功労者は当然のごとく都子だと思っていた。おびただしい冊数になっていた雑誌の謎を解明し、京風の和食で家族を癒す彼女は、まさしく福の女神のようだ。

「恐れ入ります。メインの海鮮チラシ寿司をお持ちしますね」

都子とキッチンに入った聡は、五皿に分けたチラシ寿司を各自の前に運んだ。

「まあ、とってもキレイね」と澄子が感嘆する。

皿一面に散らされた、きめ細やかな錦糸卵《きんしたまご》。さやえんどうの緑とイクラの赤がアクセントになっている。錦糸卵の下には、本マグロ、紋甲《もんごう》イカ、甘エビ、煮穴子《にあなご》、サーモンが、醤油ベースの特製タレをまぶされて並んでいる。

「酢飯《すめし》には、ちりめんじゃこ、干ぴょう、お揚げさん、白胡麻《しろごま》が混ぜてあります。

ちりめんじゃこを入れるのが京風のチラシ寿司なんです。私の実家が、嵐山で料理旅館を営んでいるんですけど、そこで出している海鮮チラシ寿司を再現しました」

そう、都子の実家は料亭旅館だ。まだ新婚の弟が、後継ぎとして旅館を手伝っている。弟の妻が未来の女将《おかみ》になるため、都子は自由に東京で暮らせているのである。

「京風の海鮮チラシ寿司。美味しそうだねえ。陽太にも食べさせたいね。病院に持っていけるかしら？」

——澄子の発言で、家族たちが凍りついた。

自分の孫は、まだ闘病中だと思っているのだろうか？

「お孫さんの分もご用意してありますよ」

都子が言ったので、聡は小皿に盛りラップをかけたチラシ寿司を持ってきた。

仏前に供えるために用意してあったのだ。

「よかった。陽太はチラシ寿司が大好きだから、きっとよろこぶわ」

両手を合わせた澄子は、うれしそうに相好《そうごう》を崩している。

おそらく彼女の時間は、ずっと止まったままなのだろう。

「……お母さん。あのね、お母さんが買い込んでた雑誌のことなんだけど」

おずおずと穂乃果が話を切り出す。

「あの雑誌、海の写真があるから買ってくれたんでしょう？　陽太のために」

すると、澄子の表情が変化した。

ぼんやりとさまよっていた視線が、急に光を宿して穂乃果をとらえたのだ。

そして母親は長女に向かって、強い口調で言い切った。

「そうだよ。これはあたしの独断だ」

その瞬間、ワイドショーで弁舌をふるっていたコバヤシナオミと、澄子の姿がぴたりと重なった。

「だけど、あたしは誰にも言わなかった。言ったら悲しくなるかもしれないからね」

「なんで？　お母さん、なんで悲しくなるの？」

穂乃果が食い下がると、澄子は「だって……」と苦しそうに目を伏せた。

「……陽太はもう、この世界にいないんだから」

その場の誰もが息を吞む。聡もはっきりと悟った。

——この人は全て理解している。孫が亡くなったことも、その喪失感を未だに抱えている家族がいることも。

「お母さん……」

穂乃果はそれ以上、何も言えずにいる。

「あのね、母さん。姉さんと話してたの。あの雑誌から海の記事だけ切り取って、ファイルしておいたらいいんじゃないかって。そしたら場所も取らないし、持ち運びも楽なんじゃないかな」

玲香が嚙んで含めるように述べると、澄子は「好きにしていいよ」と頷き、右の人差し指でこめかみを押さえた。

「よかった、これで問題解決だね。さ、チラシ寿司を食べよう」

晴れやかな表情で、玲香が箸を手にした。

「それじゃ、あたしもいただこうかね」

澄子も箸を構える。

「ひと口食べていただいてから、お好みでお醬油とワサビを入れてくださいね」

都子が醬油皿を澄子の前に置いた。

「ご丁寧にありがとね」

軽く会釈をした澄子は、家族の皆が見守る中、チラシ寿司を頰張った。

「あー美味しい。お醬油はいらないよ。これ、病院の陽太にも食べさせたいね。あの子、チラシ寿司が大好きだから」

――澄子の瞳からは、先ほどの光がすっかり消え去っていた。

「……そう、だね。きっと陽太も、よろこぶと思う」

またも穂乃果が涙声を出す。

うん、うまいなあ、と豊がチラシ寿司を食べている。わざと明るく振舞い、周囲を気遣っているのだろう。

目元を拭《ぬぐ》った穂乃果も、目の前の皿に手を伸ばした。

「本当に美味しい。わたしも醬油はいらないかな。今日は塩味が濃く感じるし」

長女の言葉の真意には気づかないまま、澄子は「そうかい？　薄味で丁度いいけど」と箸を進めている。

やるせない気持ちになった聡は、各自のグラスに飲み物を注ぐことだけに、意識を集中させたのだが……。

「あのさ、あたしみんなに報告があるの」

しんみりとした空気を一気に壊すかのように、玲香が弾んだ声で言った。

「実は、お付き合いしてる人がいてね。会社の同僚なんだけど、結婚しようかと思ってるんだ」

「おめでとう！　レイちゃん、それは何よりの吉報だよ」

豊が真っ先に祝いの言葉を口にした。

すかさず聡も、「おめでとうございます」と玲香に声をかけた。重くなっていた胸が軽くなり、心から祝福したくなってくる。

「ありがとう。でね、彼が都合のいい日に、うちの家族に挨拶したいって。会ってくれるよね?」

「もちろんだ。そうか、玲香も結婚か」

噛みしめるように英樹が言う。

「だったら、その日の料理をまた九条さんに頼もうか。玲香と彼氏のための料理」

「光栄です。決まったらぜひ、ハウスダイナーにご連絡ください」

都子は穂乃果に向かって一礼した。

「母さん、家族が増えるよ。もしかしたら、孫も増えちゃうかもね」

玲香が笑いかける。

「うれしいねえ。歌でもうたいたい気分だ。陽太と仲良くなれるといいね」

そう言って澄子は、にっこりと微笑んだ。

まるで無垢《むく》な童女のような、透き通った笑顔だった。

◈

「――あの一瞬だけ、澄子さんの意識は現実に戻ってきたんですかね?」

「そうだと思う。海の記事を集めてるって家族が知ったら、海に行けないまま亡くなった陽太くんを思い出させて、悲しませてしまうかもしれない。だから何も言わなかった。その本心を穂乃果さんに明かして、また夢想の世界に帰ったんだろうね。陽太くんが生きてる世界に」

ワゴン車を運転する聡の横で、助手席の都子が外を眺めている。

開け放った窓からのそよ風には微かな冷気が混じり、晩夏の訪れを告げている。

聡はふと、パラレルワールドという言葉を思い起こした。この現実世界とは似て非なる平行世界が、いくつも存在するという概念だ。

誰かがいなくなった世界線。まだ元気なままでいる世界線。

別れてしまった恋人同士が、仲良く付き合い続けている世界線。

本当にパラレルワールドがあるのだとしたら、別の世界線に移動できる澄子は、特別な能力の持ち主なのかもしれない。

「……素敵なご家族だったね」

小さなため息と共に、都子が言った。

「ホントそうですね。お互いを想い合って、助け合ってる。近い未来に、あの家で子どもの笑い声が聞けるかもしれませんね」

「それを願うよ。澄子さんが雑誌だけじゃなくて、赤ちゃんグッズを買う日が来るといいね」

カーステレオから流れる懐かしのJ－POPを、都子が小声で口ずさみ始めた。たったそれだけのことなのに、この瞬間がとても貴重な時間のように感じる。

曲が終わるのを待って、都子に話しかけた。

「今日は都子さんのお陰で助かりました。僕、姉妹喧嘩に巻き込まれそうになってたんで。ああいうとき、なんて言ったらいいのかわからないんです。クライアントの個人的な問題に口を挟むのもどうかと思っちゃって。だけど、都子さんはズバッと切り込むし、ちゃんと責任も取るからすごいです。謎解きまでして富樫家の問題を解決した。相変わらずデキる京女ですね」

「おだてたって何も出ないよ」

「そんな、お世辞とかじゃないですよ。あの雑誌の謎、僕には糸口すら摑めなかったから。なんで子どものクレヨン画が飾ってあるのか不思議ではあったんだけど、それが雑誌を集めて捨てない理由と繫がってたなんて、思いもしなかったです」

少しの間があって、都子がぽつりとつぶやいた。

「大事な人との思い出って、どうしても捨てられないんだよね……」

その声がとても寂しそうだったので、聡はハンドルを固く握りしめてしまった。

──京都市内で唯一不満なのは、近くに海がないことだな。

脳裏に突如こだましたのは、湊の声だった。

彼も海が好きでダイビングの免許を持っており、日本海に面した舞鶴市《まいづるし》や宮津市《みやづし》まで、はるばる足を延ばすこともあった。

……だから都子さんは、陽太くんの海好きにいち早く気づいたのかもしれない。

微《かす》かな緊張で、肩が強張《こわば》ってくる。

ふいに都子がカーステレオのスイッチに手を伸ばし、音楽を止めた。

「聡、あのさ」

「なんですか？」

「ちょっと湊の話、してもいいかな」

「もちろんです」

上《うわ》ずりそうになる声を、どうにかそうならないように努めた。

無音になった車内で窓の外を見たまま、都子が語り出す。

「二年前の夏頃にね、あの人が長期出張に行ったんだ。ニューヨーク出張。行く前は普通だった。お土産《みやげ》なにがいい？　とか話してた。だけど、帰国予定の日が過ぎても連絡がなかったんだ。こっちから電話してもメールしても無反応。やっと電話が来たのは、ひと月くらい経ってからかな。でね、その電話で言われちゃったの」

次の言葉が聞こえるまで、僅かに間が空いた。

「急にニューヨーク支社に転勤になった。もう今までのようには付き合えない、別れてほしいんだ。ごめんな、って」

楽天家のように見えるけど、芯は強そうな湊の姿が浮かび上がる。

「でもね、嘘ついてるなってすぐわかった。仕事を口実にしただけで、別の理由があったんだろうな。ほかに好きな人ができたのか、私の欠点が受け入れられなくなったのか、そこまではわからないけど。……たぶん、ニューヨークで別れたくなるような出来事があったんだと思う。本心を確かめたい気持ちもあったけど、しつこく追いすがるのも、なんか違う気がしてさ」

何も言えずにいた。

こういうときに相手を慰《なぐさ》める気が利いた言葉を、聡は何も知らない。

「あの人、のんびりした性格で包容力があったから、勝気でせっかちなところがある私からすると、一緒にいてすごく楽だったんだ。いつかふたりでレストランをやろう、なんて夢も当然のように叶うと思ってた。だけど、相手もずっと同じ気持ちでいてくれるとは限らないんだよね」

そう言われると、友人同士でも夫婦でも、長く関係を続けられる人たちが格別のように思えてくる。

「今は電話番号もSNSアカウントも変えたみたいで、どこでどんな暮らしをしてるのかもわからない。本当にニューヨークにいるのかも。……最初から知らない人だったみたいに、私の前から消えちゃった」

それから都子は、切なそうに息を吐いた。

「……一体、何が悪かったんだろうな」

何も悪くなんてない。きっと互いの世界線がズレてしまっただけです。ふたりが一緒にレストラン経営してる世界線だって、きっとどこかに存在してますよ。どうしたらそこに移動できるのか、僕も調べてみます。

なんて言ってみたかったけど、非現実的すぎて慰めにすらならない気がして、どうしても口にできなかった。

「……くだらない話しちゃった。なんか感傷的な気分になってたみたい。ごめん、もう二度と湊の話はしない。忘れちゃってね」

「くだらなくなんてないです。大事な話ですよ。僕なんかでよかったら、いつでも話を聞きます。本当に聞くだけになるかもだけど、心のモヤは吐き出して晴らしたほうがいいと思う。僕だって、クルーザーで都子さんに仕事の愚痴《ぐち》を聞いてもらって、すっきり辞められたんです。だから、遠慮なく言ってください」

「ありがと。聡と再会できてよかったよ」

それきり、都子は押し黙ってしまった。

まだ湊さんが忘れられないんだろうな。だって、大学二年生の頃から付き合っていた都子さんと湊さんは、本当にお似合いのカップルだったんだから。ふたりでいると幸せオーラが溢れてきて、周りにいた僕らにも波及するようだったんだから。

それに、僕は湊さんにも憧れていた。

懐《ふところ》が広くて責任感が強くて、都子さんという彼女がいて。何よりも、大学の頃から「自身の店を持つ」という夢を語り、そこへの道筋を明確にできるところがうらやましかった。自分には語りたい夢も目標とするビジョンも、守りたいと思える相手もいなかったからだ。ただ流されるように就活して、ほどほどの会社に就職して……。

そうか。あの頃の湊さんは、僕のメンターのような存在だったんだ。湊さんの背中を追っていれば、自分でも何かが摑めるような気がしていた。

それはもう、遠い昔の話だけど。

——もしも願いが叶うなら、都子さんの中から湊さんの記憶を消して、真っ白く塗りつぶしたい。その白いキャンバスに、上から違う絵を描いてみたい。

……は？　なに言ってんだよ。そんなこと都子さんが望むわけないだろ。お前はアホか。身の程を知れよ。

速攻で自分に駄目出しをしてから、聡はアクセルペダルを踏み込んだ。

短夜《みじかよ》を惜しむかのように、ひぐらしの鳴き声が響いていた。

3

結婚できない男と婚活パーティー

黄色く色づいたイチョウ並木の道を、都子《みやこ》のワゴン車が走り抜けた。道行く人々は軽いコートやブーツといった初秋の装いで、心なしかゆったりと歩いている。ほのかに漂《ただよ》う金木犀《きんもくせい》の香りを、誰もが楽しんでいるのかのようだ。

運転している聡《さとる》は、助手席の都子に何気なく話しかけた。

「婚活パーティーって、初めてなんです。ちょっと興味あるな」

「そお？　私は全くないけど」

けんもほろろに都子が返してくる。

「僕も自分が参加したいわけじゃないけど、どんな様子なのか知りたくないですか。結婚って人生の中でも最大級の選択だと思うんです。どんな相手と一緒になるかで、その後の運命が決まると言っても過言じゃないから」

「まあね。その大事な選択をイベントの中でしちゃうところが、今っぽいよね。料理もアトラクションのひとつにしてほしいなんて依頼、初めてだよ。酔狂《すいきょう》な企画だね」

その依頼をしてきたのは、婚活イベントを主催するプロデューサーだった。婚乃《こんの》活子《かつこ》という名の中年女性だ。間違いなく本名ではないだろう。

会場は赤坂《あかさか》のパーティースペース。参加者は男女それぞれ七名で計十四名。

活子いわく、テーブルにひと皿ずつ料理を運び、その席にいる男女のペアに何らかの共同作業をさせたいらしい。

「単純に会話するだけじゃなくて、一緒に何かを成し遂げさせたいんですよ。たとえば、新郎新婦がウェディングケーキをカットするようにね。その共同作業で男女のあいだに達成感が生まれて、絆《きずな》が強くなるわけです。成婚率も高まると思いませんか？」

打ち合わせのとき、茶色に染めた髪をまとめ上げ、濃紺の大島紬《おおしまつむぎ》の着物姿で現れた活子は、派手なネイルをした手を大きく振りながら熱く語っていた。

「料理でどんな作業をさせるのかは、お任せします。ふたりで何かを剝《む》くなりカットするなり、なんでも構いません。ただし、うちの婚活パーティーは少人数制で、男女とも容姿端麗《ようしたんれい》でお仕事先もしっかりされている方だけが参加可能なんです。会場のお料理もお酒も一流なのがウリなんですよ。その分、参加者さんからは高い料金をいただきますので、お味のほうも手を抜かずにお願いします」

「もちろんです。持ち帰ってシェフと相談しますね」

どんな依頼だって、うちの都子さんが手を抜くわけないでしょう。

そう言い返したい気持ちを封じ込めて、聡はイベント会社での打ち合わせを終えたのだった。

「活子さんはうちのお得意様なんだから、粗相《そそう》のないように頼むよ」

後部座席から話しかけてきたのは、ハウスダイナーの社長である新房芽衣《しんぼうめい》だ。

ショートヘアで大きな丸メガネをかけ、濃紺のシックなパンツスーツを着ている彼女は、童顔のせいで三十代後半にはとても見えない。

自身も調理師免許とソムリエの資格を持っているという芽衣。今日はパーティーのときに依頼する出張ソムリエが体調不良で出られなくなったため、社長自《みずか》らが来ることになったのである。

「芽衣さんが現場に出るなんて珍しいですよね。ご一緒できてうれしいな」

都子が弾んだ声を出す。

「都子、あなたは間違いなくうちの看板シェフだよ。だけど、たまにクライアントに物申すことがあるみたいじゃない。それが功を奏すときもあるだろうけど、逆のケースだって考えられる。活子さんはフランクそうに見えて、意外と気難しい人なんだ。特殊なオーダーだから都子に請《う》け負《お》ってもらうことにしたけど、今日は大人しく料理の提供だけしててほしい。いいね？」

「はーい。気をつけます」

明るく答えた都子だが、聡は内心で思っていた。

今日も飛び出してしまうかもしれない。

凛《りん》と張った京都弁のひと言が。

「あ、着信だ。――はい、ハウスダイナーの新房です。……えっ？　欠席者が？……なるほど、二十代から三十代前半の独身者ですね。……ええ、わかりました、こちらでも当たってみます」

スマートフォンを持ったまま、芽衣は後部座席から身を乗り出す。

「活子さんから連絡があった。欠席者が一名出たらしい。急遽《きゅうきょ》代わりを探したけど、三時間後に始まるパーティーだから見つからないみたい。料金は活子さん側が持つって言ってる。都子、聡くん、誰か呼べる人いないかな？　タダ飲みタダ食いで結婚相手が見つかるかもしれないパーティー。二十代後半から三十代前半の独身女性。仕事してて可愛くてセミフォーマルで来てくれる人が理想なんだけど」

「だったら芽衣さんが出ればいいんじゃないですか？　芽衣さん可愛いから。最悪ソムリエはいなくてもなんとかできると思うし、パンツスーツにパールのネックレスだから服装もバッチリですよ」

「確かに、芽衣さんなら先方もよろこびそうですね」

都子に聡が追随《ついずい》すると、後ろから大声が返ってきた。

「あのね、わたしは三十七の既婚者。参加できるわけないでしょ」

「えっ？　結婚してたなんて知らなかった。芽衣さん指輪してましたっけ？」

「指がむくんじゃったからしてないの。もう結婚十二年目だよ」

「そっか。ずっと未婚の仕事人同士だと思ってた」

意外そうに都子が言うと、芽衣は「あ、いた。ベストな子」とつぶやいた。

「よかった、心当たりがあったんですね。男女ペアが共同作業をする婚活パーティーで、女性がひとり欠けちゃうのは絶対に避けたいですもんね」

「そう、都子の言う通りなんだ。クライアントのためにも、絶対に穴を埋《う》めたい。だから都子、頼むよ」

「……はあ？」

まさかの無茶ぶりに、都子は甲高《かんだか》い声を発した。

「二十九歳で独身、仕事あり。今回の婚活パーティーの主旨を誰よりも理解してる女といえば、都子しかいない。今日はダークグレーのブラウスに黒のパンツだよね。わたしのジャケットとネックレスを貸すよ。それで服装もクリアだ」

「冗談でしょ？　やめてくださいよ。私が料理を準備しないと……」

「大丈夫。事前に仕込みさえしてくれたら、あとの仕上げはわたしが引き受ける。わたしが元イタリアンのシェフだったこと、都子も知ってるよね。聡くんも手伝ってくれるだろうし、こっちはどうにかする。給仕係も手配してあるから、サービスのほうは気にしなくていい」

「そう言われても……」

「大事なクライアントの頼みなんだよ。わたしを助けると思って、引き受けてほしいんだ。どうかお願い。いや、お願いします！」

芽衣は必死で頼み込んでいる。

都子さん、はっきり断ってくれ！　あなたが婚活するところなんて見たくないんだ！

なんて言えるわけもなく、聡は黙ってハンドルを握るしかない。

「……わかりました。だけど、数合わせでテーブルにいるだけですからね。誰かと連絡先を交換するとか、一切しませんから」

「もちろん、それでいいよ。都子、ありがとう。恩に着るよ。先方に連絡する」

後部座席で電話をする芽衣の声はいつもより高めで、このアクシデントをよろこんでいるようにも思えてしまった。

「──はー、一件落着。ひと仕事終えた気分だ。本番はこれからだけど」

「さっきは芽衣さん、大人しく料理だけ出せって言ってたのに」

恨《うら》めしそうに都子が言う。

「悪いね。大人しく席に着いて、一般参加者として食事しててよ。ギャラも上乗せするからさ」

「お金は別にいいけど、こんなこと引き受けるのは今回だけですからね」

「わかってる。だけど、だよ。もし考えてもいいなって相手がいたら、ふたりで会うのも全然ありだと思うよ」

芽衣さん、何を言うんだ！　本気で婚活を勧めないでくださいよ！

またも叫びたくなり、信号待ちでブレーキペダルを強めに踏んでしまった。車体がガクッと揺れたけど、芽衣は気にもせずしゃべり続けている。

「今は恋愛なんて面倒だからそこは割愛して、スペックで相手を選びたいって人が増えてるらしいからね。だから婚活ビジネスが盛況なんだ。都子だって相手に求める条件、多少なりともあるんじゃない？」

「条件か……。確かに、恋愛は飛ばして条件のいいパートナーを見つけたい気持ちは、わかる気がしますけど……」

「でしょう。こんな機会なかなかないと思うし、前向きに男性たちと話しておいでよ。ちょっとゴメン、髪の毛下ろさせて」

都子のポニーテールに手を伸ばした芽衣が、髪をまとめていたゴムを外した。ふわりと長い髪がほどけ、肩に垂れる。微《かす》かにシャンプーの香りがした。

「やだ、なにするんですか」

「いい。ロングヘアの都子は一段とキレイだ。今日のパーティーはそのスタイルで乗り込もう」

「芽衣さん、なんか面白がってません？」

「そんなことないよ。せっかくなら都子にも婚活を楽しんでもらいたいだけ。そうだ、メイクもしっかりしていこうね」

「えー、めんどくさいなあ」

などとふたりが話しているうちに、車が会場の建物に到着した。

赤坂見附《あかさかみつけ》と溜池《ためいけ》の中間にある高層ビルの十五階、厨房が完備されたレンタルスペースだ。高層階からの夜景が美しく、高給レストランばりのテーブルコーディネートが可能なため、ブライダルでも使用されているらしい。

地下駐車場に車を停めて、聡はいつものようにスーツケースを会場まで運び込んだ。

婚活パーティーに参加する羽目になった都子に、悪い虫などつかないように祈りながら。

「皆様、本日は〝グルメな出逢《であ》いのパーティー〟にご参加くださり、ありがとうございます。わたくし、司会進行を務めさせていただきます、婚乃活子と申します。一応ですね、年間五十組以上を成婚に導く、婚活コンサルタント兼プロデューサーなんでございますよ。本日も良いご縁が生まれますよう、精一杯張り切らせていただきますので、皆様も臆《おく》することなく、出逢いのチャンスをゲットしてください」

マイクを手に流暢《りゅうちょう》にスピーチする活子は、黒地に白い花模様の入った着物を、貫禄《かんろく》たっぷりに着こなしている。婚活プロデューサーというよりも、クラブのママといった雰囲気だ。

天井にシャンデリアが輝くゴージャスなインテリアの室内には、七卓の二名用丸テーブルが円状に配置されていた。なるべく隣の卓に声が届かないようにするためなのか、かなりゆったりと間隔が取られている。

参加者は一から七までの数字のプレートを胸につけ、同じ番号の男女七組が各席に着いていた。

年齢は、男女共に二十代後半から三十代半ばくらい。誰もが華やかに着飾り、緊張の面持ちで活子を見つめている。活子が容姿端麗を謳《うた》っていただけあって、それなりに整った男女ばかりだ。

七番のプレートをつけた都子だけは、無表情でそっぽを向いていた。向かいの席には同じく七番プレートの男性が座っている。

聡はハウスダイナーが派遣した給仕係たちと共に、全員の前にシャンパンの入ったグラスを置いていった。

「今夜は、趣向を凝らしたお料理を召し上がっていただきながら、運命の方を探していただきます。皆様、スマホの専用アプリにプロフィールを入れていただいたと思いますが、男女とも番号を入力すれば、その方の情報を見ることができます。お話のきっかけになさってくださいね。それでは、今宵《こよい》の出逢いに乾杯しましょう」

活子の音頭で、乾杯！　と声が上がり、各テーブルで男女の挨拶が始まる。

その隙《すき》に、聡はスターターとなる冷菜の皿を、都子のいるテーブルへ運んだ。

いけないとは思いながらも、つい会話に耳を立ててしまう。

「――九条《くじょう》都子さんとおっしゃるんですね。上品な名前だ。京都のご出身で、現在は都内でシェフをされている。こんなにお綺麗でお料理も上手だなんて、素晴らしいですね」

「ありがとうございます」

そっけなく七番男性の賞賛《しょうさん》を流す都子は、ポニーテールをほどいた艶《つや》やかなロングヘアで、首元には芽衣から借りたパールのネックレスが光っている。メイクもきちんと施《ほどこ》してあり、いつも以上に美しい。

「僕の自己紹介もさせてもらいますね。アプリにも記入してありますが、森永拓《もりながたく》斗《と》、三十四歳です。職業は歯科医。年収は一千三百万ほどでしょうか。車はベタですけどポルシェ。千葉県出身ですが、今は湾岸沿いのタワマンでひとり暮らし中です」

顎《あご》が外れそうになった。とてつもないハイスペック男だ。見た目も悪くないし、態度は紳士的。着ているスーツも聡の何倍も高そうだ。これは、婚活などしなくても女性が群がるはず。なのになぜ、こんなパーティーに参加しているのだろうか。

歯ぎしりをしたくなっていると、活子がマイクを握った。

「本日は、ひと皿ごとにおふたりで共同作業をしていただきます。初めての共同作業、というわけでございますよ。まずは、〝殻《から》付きエビの冷製カクテル〟。おふたりでキレイに殻を剝いて、特製ソースで召し上がってくださいね。このお料理に合う白ワインも、ソムリエがご用意いたしました」

大皿の上部に小さな丸いソース入れが置いてあり、その下に、ボイルして冷やした四尾の殻付きエビが並んでいる。各自の前には、取り皿、ナイフ、フォーク、スプーン、さらに銀色のフィンガーボールが用意されている。

「大きなエビだなあ」と拓斗が感嘆した。

「これはシータイガーと呼ばれる、希少な天然エビです。かなりの高級品かと思われます」

「さすが都子さん、お詳しいですね。このソースはなんだろう？」

「いわゆるタルタルソースにバルサミコ酢を加えたもの、だと思います。市販のタルタルとは比べ物にならないくらい、手が込んでそうだけど」

一般参加者の振りをしているため、自分で作ったとは言えないのがもどかしそうだ。

「ほう。ひと目見ただけで内容がわかるんですね」

「見た目と香りで、だいたいの予想はつきます」

「シェフの方とご一緒すると、グルメな知識が増えて楽しいですね。では、フィンガーボールで指を洗ってから、殻を剝きましょうか」

「それには及びません」

クールに言って一尾のエビを取り皿に載せた都子は、右手にスプーン、左手にフォークを構えてから、そのエビと向き合った。

「まず、フォークでエビの身を押さえて、スプーンで頭を切り落とします。背の部分にフォークを刺して少し引いたら、スプーンのカーブを殻に潜り込ませて少しだけ剝《は》がしておきます」

　説明しながら素早く実演してみせる。

「そのままフォークで身を刺してスプーンで尻尾の部分を押さえたら、フォークを一気に抜きます。――ほら、これで手を汚さず簡単に殻が剝けるんです」

　五秒もかからずにスルリと殻が剝けた。

　さすがである。拓斗も目を見張っている。

「すごい。まるで手品を見てるようだ。僕もやってみていいですか?」

「どうぞ」

「では、失礼して。……あれ、滑《すべ》ってうまく刺せないな」

　拓斗が意外と難しいエビの殻剝きに苦戦していると、隣の六番テーブルで女性の高い笑い声がした。

「やだぁ、ハルキさん。フィンガーボールの中身は飲むためのものじゃないんですよ」

　六番プレートをつけた女性の横で、同じく六番プレートの男性が空のフィンガーボールを手にしている。ハルキと呼ばれたその男性は、中に入っていた油落とし用のルイボスティーを、間違って飲んでしまったようだ。

「参ったな、使い方がわからなくて。指を洗うためのお茶だったんですね」

額の汗を布ナプキンで拭っているのは、度の強そうな黒縁メガネをかけた、やや小太りの男性。痩《や》せたらいい男になりそうだけど、スーツのサイズが合ってないのかお腹の辺りがパツパツで、お世辞にもハイスペック男には見えない。

なんだか親近感が湧くぞ。応援したくなっちゃうな。

聡は厨房へ急ぎ、新たなフィンガーボールをハルキに持っていった。

「こちら、お使いくださいませ」

「ああ、ありがとうございます」

「ねえ、また飲んだりしないでくださいよ」

メイクの濃い六番女性が、どことなく冷めた視線をハルキに注いでいる。

「すみません、こっちにもフィンガーボールをください！」

呼ばれたのであわてて行くと、三番の女性が空のボールを掲げていた。

レモンイエローのワンピースを着た、小柄で黒目がちの愛らしい人だ。

「ごめんなさい、わたしも飲んじゃったんです」

消え入りそうな声で彼女が言うと、横の三番男性が「僕は止めようとしたんだけどね」と薄ら笑いをする。いかにも意地の悪そうな笑い方だ。

「すぐにお持ちしますね」

厨房を目指そうとしたら、「すみませーん」と都子の声がした。

「どうされました？」

急ぎ足で近寄った聡に、都子は空のボールを手渡してきた。

「ルイボスティーが美味しそうだったから、一気飲みしました。エビの殻は剝いたので、フィンガーボールはもう結構です」

堂々と言い切った都子に、拓斗が目を細めている。

「都子さん、やさしいな。それ、誤って飲んでしまった方々へのフォローですよね」

「いえ、本当に喉が渇いていただけです。どんな器《うつわ》に入っていようが、お茶はお茶。飲みたければ飲んでもいいと私は思います」

あくまでも毅然《きぜん》とした態度を取る都子を頼もしく思いながら、聡は新しいフィンガーボールを三番女性に持っていった。

「お待たせしました。どうぞお使いください」

「本当に申し訳ないです」

しきりに恐縮する彼女の隣で、三番男性は余裕の笑みを浮かべている。

「サクラさん、緊張してるでしょ」

「わたし、こういうパーティーに参加するの初めてで。ずっと女子校で今の職場も女性だけのコールセンターだから、男性とどう会話すればいいのかわからないんです……」

「すぐ慣れるって。ワインでも飲んでリラックスしようよ」

「は、はい」

サクラと呼ばれた三番女性の、か細い声とやや強張《こわば》った笑顔が、やけに印象に残った。

——ほどなく各テーブルでどうにかエビの殻が剝かれ、それぞれが食事を始めたので、聡は再び厨房へ向かった。

「聡くん、ちょっといいかな？」

都子のコックコートを着た芽衣が、湯気を立てる鍋の前で手招きしている。

「ねえ、都子の様子はどう？」

「エビの殻をスプーンとフォークで剝いてました。すごい技です」

「お相手の方とはちゃんと話してる？」

「どうだろう。料理については饒舌《じょうぜつ》になるみたいですけど」

当然だ。自分が食材を選んで、下ごしらえをした料理なのだから。

「機会があったら都子に言ってほしいんだ。くれぐれも愛想だけは良くしていてほしいって。あの子、感情が顔に出ちゃうタイプだから」

「了解です。何か手伝うことありますか？」

「厨房は問題ないよ。もうすぐムール貝が蒸し上がる。空《あ》いたカクテルの皿を持ってきてくれるかな」

「わかりました」

真っ先に七番テーブルを窺《うかが》うと、都子と拓斗はエビのカクテルを食べ、白ワインを飲みながら会話を交わしていた。

「――それで都子さんは、結婚後もお仕事はされたいと思ってますか？」

「もちろん。天職だと思ってるから、辞める気なんて全くないです」

「それはいい。僕は自立してる女性が結婚相手の理想なんです。相手が家にいたいと言うのなら、それでも構わない。だけど、趣味でもいいから自分の世界は持っていてほしいんですよね。あなたのような方は僕の理想だ」

「拓斗さんこそ、女性には不自由しないんじゃないですか？」

気のせいかもしれないけど、小首を傾げる都子が、拓斗を意識しているように思えてしまう。

「仕事が忙しくて出逢う暇がないんですよ。だから、こういったランクの高いパーティーには参加することにしてるんです。手頃な値段のパーティーとは集まる人のレベルが違う。今日は都子さんと逢えてよかった。お互いに刃物を扱う仕事だし、どうでしょう。ふたりきりで話す機会をいただけませんか?」

「今もふたりで話してるじゃないですか」

都子の塩対応で、安堵《あんど》の笑みがこぼれそうになった。

だが、拓斗は「そんなイジワルなところもいいですね」と目を細めている。

「このあと、僕は隣の六番テーブルに移動します。次は五番、四番と順番に移動する。都子さんとまた話すためには、最後にカップルになる必要があるんです。トークタイムが終わったら、僕の番号、七番に投票してほしい。もちろん僕も七番のあなたに入れます。ここはカップリングが成立しないと連絡先が交換できないルールのようなので、ぜひお願いします」

「まだ始まったばかりですよ。ほかにも素敵な女性がいるかもしれないのに、決めるのが早すぎません?」

「いや、決めさせてほしい。もっとあなたを知りたいんです」

おいおい、がっつきすぎだぞ。もしや、全女性に同じことを言うつもりじゃないのか? 全員を自分に投票させて、その中から吟味《ぎんみ》しようとしてないか?

空いた皿を下げながら、聡はハイスペックで押しの強い拓斗を、思い切り毒づきたい衝動に駆《か》られていた。

「次のお料理をお出しする前に、男性陣は右回りでテーブルを移動してください。

お飲み物やお皿はスタッフがお持ちしますから、そのままで大丈夫です」

活子の指示で、男性だけがテーブルを移動していく。

「――はい、皆さん移動されましたね。ここからは新たなお相手と、また共同作業をしながらお話をしてくださいね。続いては、〝ムール貝のワイン蒸し、ジェノベーゼソース〟。ムール貝はモンサンミッシェル産の極上品です。おふたりで殻から上手に出して、コクのあるソースで召し上がってください。ワインも新たな一杯をお出しします」

アナウンスと共に各テーブルにふたり分のムール貝が盛られた皿が配られ、料理に合わせた白ワインと、新しいフィンガーボールがサーブされた。

その後も、都子の考案したメニューが次々と登場。料理が変わるたびに男性たちは右隣の席へと移動し、別の女性と共同作業に取り組んだ。

茹《ゆ》でたブロッコリー、ジャガイモ、ニンジンなどの温野菜や、カットしたフランスパンなど、互いの好きな具を串に刺し、ミニ鍋の中でトロトロに溶けたチーズソースを絡めるチーズフォンデュ。

オリーブオイル、ミニトマト、香草で煮た尾頭付きの小鯛を、ふたりで捌《さば》いて食べるアクアパッツァ。

シェフ（芽衣）が各テーブルを持って回る串刺しのアンガス牛ロースステーキの塊を、ふたりがナイフとフォークで削《そ》いでいく特製シュラスコ。

各テーブルで好みのサイズにカットする、小ぶりだが本格的なマルゲリータピザ。

品数は多いが量は加減してあり、ほどよいコース内容になっているはずだった。

しかし、いつの間にか都子以外の男女は、ほとんどが料理に手をつけなくなっていた。

相手との短い時間を食ではなく、トークにかけ始めたのだ。

都子を口説こうとしていた歯科医の拓斗も、今は料理そっちのけで二番テーブルの女性と熱く語り合っている。

拓斗からモナと呼ばれている二番プレートの女性は、外国人のように彫《ほ》りが深く、グラマスな肢体《したい》の持ち主だ。胸元の開いた青いミニドレスがなまめかしい。

「なるほど。モナさんは、子どもはひとりでも構わないわけですね」

「基本的には。だけど、夫になる方が望むなら何人でも、って気持ちもあります。経済的な問題がなければですけど」

「堅実的なお考えです。で、今はお洋服の販売員をされていて、結婚後は専業主婦がご希望なんですね」

「厳密に言うと、単なる主婦は嫌なんです。私、ネイリストの資格を持ってるから、結婚したら自宅の一角をサロンにして、ご近所の方に来ていただきたいな、なんて思ったりしてます」

「だとしたら、大きな家が必要ですね」

「それが可能な方にしか、こんな話はしませんよ。……なんてね」

モナが長い脚を組み替えた。

太ももが見えてしまい、急いで視線を逸《そ》らす。

「ふむ、面白い人だな。あなたをもっと知りたくなりました。最後に僕の七番に投票してもらえませんか？　モナさんとふたりで話したいです」

「ええ、私もです。拓斗さんも私の二番に投票してくださいね」

「もちろんですよ」

けっ、と声を吐きそうになった。

予想通り、拓斗はいろんな女性に粉をかけているようだ。

ふたりのテーブルでは、マルゲリータピザが丸ごと放置されている。

皿の上で冷めていく料理を横目に、都子はひとり苦々《にがにが》しい表情を浮かべていた。

「――都子さん、細いのに健啖家《けんたんか》なんだね。食べる女性って、すごくいいなあ」

「ヒロシさんのように食べない男性って、すごくいけずですね」

隣で熱心に話しかけていたヒロシという五番の男性にも、すげなく塩対応をしている。

「いけずって俺のこと？　やだなー、このパーティーに料理を期待してる人なんて、誰もいないでしょ」

「……そう。そうかもしれませんね。だけど、このままでいいとも思えない」

我慢の限界が来たのか、都子がいきなりすっくと立ち上がった。

「皆さん、ちょっとひと言、言わせてもろてよろしいやろか！」

出た。やはり京都弁が出てしまった。もう誰も彼女を止められない。

司会の活子はメイクでも直しに行ったのか、会場のどこにも姿がなかった。

「お話に夢中なんはわかりますけど、本日のお料理は、主催者さんが『ふたりで共同作業を』と考案してくれはったスペシャルメニューです。衛生面から持ち帰りはでけへんはず。フードロスを避ける意味でも、召し上がってもらえへんでしょうか」

一瞬だけしんとした会場が、またざわめきに包まれる。

誰もが都子の話を聞き流し、料理には目もくれない……かと思ったら、ひとりの男性が席を立ち動き出した。

まだ都子のテーブルには来ていない、フィンガーボールのルイボスティーを飲んでしまった六番のハルキだ。

「僕の主観だけど、今日の料理は最高に美味しいですよ。食べないのはもったいない。この手つかずのピザ、もらってもいいですか?」

「あ、ああ。構いませんよ」

彼は拓斗のテーブルからピザの皿を運び、自分の席でワイルドに食べ始めた。

同席している一番女性が、呆《あき》れ切った眼差しをハルキに向けている。

都子はハルキに向かって、「あの、ありがとうございます」と会釈《えしゃく》した。

「いえ、好きで食べてるだけですから。ほかのテーブルのピザももらってきます」

ハルキが席を立った途端、一緒にいた一番女性も席を立ち、ハルキを冷たく睨《にら》んでから化粧室のほうに歩いていった。

会場に戻ってきた活子が、またマイクを握る。

「あらまあ、お話が弾んでいるようですね。デザートのあとでフリータイムを設けてあります。席の移動はお控えくださいね」

あわてて自分のテーブルに戻ったハルキは、ひとりになったことを気にする素振りもなく、三枚目のピザを齧《かじ》り始めた。かなり肝《きも》の据わった人のようだ。

会場を見回すと、離れた席でもピザをせっせと食べている女性がいた。ハルキと同様にフィンガーボールの中身を飲んだ、サクラという名の三番女性だ。同席している男性のおしゃべりを聞きながら、料理に手を出さない相手の分まで、健気に食べようとしているようだった。

その様子を見たのか、都子が「うん、ええ傾向や」とつぶやいた。

「ねえ、都子さんって変わってるよね。こういう場所には珍しいタイプだ。摑みどころがなさそうだけど、そこが魅力的だな。俺はさ、チャラく見えるかもだけど弁護士で……」

「ちょっと失礼します」

ヒロシのアピールをあっさりと遮《さえぎ》り、都が化粧室のほうへ向かっていく。

聡は芽衣から伝言を頼まれていたので、そっと彼女のあとを追った。

化粧室のそばまで来ると、中から女性たちの話し声が聞こえてきた。

「今日はどう？　いい人いた？」

「まあまあかな。だけど、今一緒にいる男が最悪。ほかの席から持ってきたピザ、手摑みでモリモリ食べてんだよ。だからデブなんだよ、一生食ってろ、って感じ」

「ああ、あたしの席にいたときフィンガーボールのお茶を飲んだ六番のハルキね。

あの人、別の婚活イベントでも見たことあるんだ。誰にも相手にされてなかった。なんかズレてるっていうか、あんま空気が読めないんだろうね」

「仕事は平凡なサラリーマン、三十五歳で年収はたったの五百万。長男で埼玉の実家住まいなんだって。いいとこまるでナシじゃん。あれじゃあ結婚は無理だよ」

「ねー。最低でも年収一千万はないと話になんないよね。うちら、まだ二十代で仕事もしてる好物件なんだから」

……本気で言ってるのか？

聡の口が、開いたまま塞《ふさ》がらなくなった。

五百万も年収があるなら十分じゃないか。どこまで高望みをするんだろう。

表では清楚に微笑んでいても、裏では本性丸出しで品定め。これが婚活現場の現実なのかと、空恐ろしさすら覚えてしまう。

「そうだ、あたしさ、七番の拓斗って歯科医からアプローチされてるんだ。かなりの優良物件。あたしに投票してくれるんだって。だからこっちも彼に入れようかなと思って」

「え？　さっき二番のモナって女も拓斗に押されてたよ。あなたをもっと知りたくなったって」

「……マジで？　二番って色気丸出しの頭の悪そうな女だよね？」

「うん。お互いに投票し合おうって話してた。席を立ったとき聞こえちゃったんだ。私、次に回ってくるのが拓斗だから、こいつはパスだなって思ってた」

「うっざー。危ない危ない、外れクジ引くとこだった。別のにしとこ」

「だね。弁護士とか会社経営者もいたしね」

ほどなく化粧室から出てきたのは、一番と六番の女性だった。どちらもきっちりとメイクを施し、煌《きら》びやかな包装紙にくるまれた安価なキャンディのように、全身を赤やピンクなどカラフルな色彩で包んでいる。ふたりは香水の匂いを漂わせながら、空気のように聡をスルーしていく。

ふと、ネットで読んだサイエンス記事を思い出した。

熱帯地域に生息する花や魚、小鳥たちは、極彩色で華やかな容姿をしているものが多いのだが、無駄に美しいわけではない。派手な色の生物は、体内に毒を持っているケースが多いらしい。その毒を摂取した大型生物に、「あいつを食うと死ぬかもしれない」としっかり認識させるために、わざと目立つ色をしているそうだ。

……美しい花には棘《とげ》がある、とも言うしな。

そんなことを漠然と考えていたら、芽衣さんが化粧室の扉から現れた。

「都子さん、芽衣さんからの伝言です。都子も化粧室の扉から現れた。

話しかけているのに、彼女は上《うわ》の空で「あのいけず共め」と独り言《ご》ちている。

今しがた六番のハルキをこきおろしていた、キャンディ女子たちのことだろう。あちこちで投票を求めていた拓斗も、いけず共の中に含まれているかもしれない。

「ああ、ごめん。愛想な。わかった、思いっ切り振りまいてくるわ」

不敵な笑みを浮かべて、都子は会場へと戻っていく。

——何かが起きそうな予感がする……。

聡は騒ぎそうになる胸を、必死に抑えていた。


「お食事は最後のデザートとなりました。さあ、新たなお相手と初めての共同作業です。中央のテーブルに各種フルーツ、アイスクリーム、みつ豆、黒餡《あん》など、甘味が用意されております。お好きなものをお好きなだけ盛りつけて、お手元のクレープ生地に巻いておふたりでお上がりくださいませ。皆様、ラストスパートですよ！赤い糸は自然に垂れてくるものではないのです。自らが積極的に動かないと摑めません。運命のお相手を、曇りなき眼で見つけてください！」

活子の煽《あお》りで、各テーブルの男女が中央に集まっていく。

都子は最後に回ってきたハルキと一緒に具材を選び、席に戻ってクレープと紅茶を味わいながら熱心に話し込んでいる。

どうしても気になってしまった聡は、紅茶の入ったティーポットを手に、さり気なく都子たちへ近寄った。

「小日向《こひなた》春生さん、ってお名前なんですね。あったかそうでやさしい名前や。早くお話ししたい思てたんですよ。さっきはお料理を食べてくれはって、本当にありがとうございました」

今まで見たことがないほど艶やかに、京都弁訛《なま》りの都子が微笑んでいる。その眩《まばゆ》い笑顔を向けられている春生が、正直うらやましい。

「実は、フードロスって言葉、僕もすごく気になるんです。豊かな場所には捨てるほど溢《あふ》れてるのに、他方では足りない場所が存在してる。そのバランスの悪さが不快なんです。僕、建築設計の仕事をしてるせいか、均等の取れないものがあると気持ち悪くて。なんと言うか、傾《かたむ》いた地面にどうにか建ってるような、不安定さがたまらなく嫌なんですよ。……あ、意味不明なこと言っちゃいましたね。すみません」

春生が紅茶を一気に飲み干したので、すかさずカップにお代わりを注ぐ。

「とんでもない。お仕事の話、もっと聞きたいです。お勤めは……」

都子はスマートフォンのアプリに視線を落とし、言葉に力を込めた。

「まあ、日本でも有数の建築設計会社やないですか！　春生さんは建築デザインをしたはるんですか？」

「はい。まだ若造なんで給料は大したことないんですけどね」

真摯《しんし》に述べる春生が、次第にいい男に見えてくる。

「クリエイティブなお仕事、素晴らしいと思います」

「都子さんこそ、すごい仕事じゃないですか。手の込んだ料理は皿の上の芸術ですよ。瞬時《しゅんじ》に消える花火のように、刹那的《せつなてき》な魅力があります。素材同士の化学反応で新たな味を生み出す技術には、完璧な数式にも似た美を感じます」

「そんな風に言うてくださって、ほんまうれしいです。作った方のことを考えると、お料理を無駄にするのが耐えられへんのです。せやし、春生さんが立ち上がってくれはったときは感激しました」

潤《うる》んだ目で見つめられて、黒縁メガネをかけた春生の頰《ほお》が赤くなっている。

あの、都子さん。愛嬌《あいきょう》を振りまくのもほどほどにしてほしいんですけど。

そんな聡の気持ちになど気づきもせず、都子はまだ相手の顔を見上げている。

「ところで、春生さんの苗字なんやけど、小日向さんってこの設計会社の代表取締役の方と同じですよね。インタビュー記事を読んだことがあるんです。春生さんはご親戚なんやろか思ったんですけど?」

「あのですね、親戚と言いますか……」

「言いにくいようなら大丈夫ですよ」

にっこりとした都子の前で、春生は眩《まぶ》しそうに瞬きをした。

「実は、僕の父なんです」

なんだって？

聡は思わず春生を凝視した。都子も目を丸くしている。

「……お父様？」

「はい。七光だと思われたくないんで、人には言わないようにしてるんですけど、都子さんには誘導《ゆうどう》されちゃいました」

「まあ！」都子は、周囲が驚くほどの大声を上げた。

「あの有名設計会社の御曹司《おんぞうし》っ！」

「は、はあ」

御曹司、のパワーワードに女子たちが反応した。

数名が春生に鋭い視線を送っている。

「ごめんなさい、驚いてしもて。ほな、いずれは春生さんが会社を？」

「いや、継いだりはしないかな。僕には夢があって、父も応援してくれるはずなんですよね」

「その夢、ぜひ聞かせてください」

聡も話の続きが聞きたかった。不自然に思われないように注意しながら、ふたりの会話に耳を澄ます。

「日本ではなく、発展が目覚ましいマレーシア辺りで大きな仕事がしたいんです。インフラに関わる施設のデザインをしてみたい。結婚したらパートナーと一緒にあちらで暮らしたいんです。海が一望できる家を設計して、お手伝いさんを雇って。パートナーにはうんと楽をしてもらって、ずっと笑っててほしいんですよ。うちの母がそうだったので。もちろん、相手が望んでくれるのなら、ですけど」

「海外でお手伝いさん付きの暮らし！　奥様に楽させて、ずっと笑っていてほしいやなんて、最高やないですか！」

いちいち声を大きくするので、他《た》の女子たちが聞き耳を立てている。

「でも、不躾《ぶしつけ》で恐縮やけど、その夢のためには資金がかかりそうですよね」

「家を構えるくらいは、どうにかなると思ってます。実家暮らしなので給料の大半を投資に回してるんです。アメリカ株の投資信託をネット証券で積み立ててただけなんだけど、この十年で結構上がったんですよ」

「株価指数との連動を目指すインデックス投資ですね。結局、短期売買より長期投資のほうが正解や聞きます。どのくらい上がるもんなんですか？」

「積み立て額は二千万くらいだったんだけど、リスク度の高いレバレッジ系の投信に入れてたこともあって、このあいだ管理画面を見たら十倍を超えてました」

「十倍！　ということは、二億！　春生さん、二億も資産をお持ちなんですかっ。すごすぎや！」

どう見てもオーバーリアクションだ。実はこの場のどの男よりもスペックが高そうな春生の情報を、わざと周囲に知らしめているとしか思えない。

案の定、先ほど化粧室で春生をディスっていたキャンディ女子たちも、悔しそうに都子を睨《にら》んでいる。

「……なんか、恥ずかしくなってきました。ワインを飲みすぎちゃったかな。こんな下世話なことをベラベラしゃべるなんて、いつもの僕らしくないです」

「いえ、ここは婚活いう戦場です。ご自身の武器は大きく打って出たほうがええ思います。個人資産も学歴や職業とおんなじで、その方を構成する要素のひとつ。強いカードは早めに切ったらええんです。ほかの皆さんもそうしたはるはずですよ」

「そうかもしれないけど、資産とかで寄ってくる女性は、どうなのかと思ってしまって。とはいえ、なかなか出逢いの場がないから、こういう機会にパートナー候補を探そうとしてるんですけどね。食べすぎちゃうから太る一方だし、本当は女性と話すの得意じゃないから、今のところ勝率はゼロなんだけど」

苦笑いをする春生を、都子が柔らかく見つめている。

「ご自身で光を放たへんと、蝶たちは寄ってきませんよ。近くで見てよく話さへんかったら、相手を知ることもできませんよね。せっかく素晴らしい光をお持ちなんやから、もっと積極的にアピールしはったらええと思います」

「なんだか、婚活コンサルの言葉みたいですね」

言えてる、と聡はティーポットを手にうろつきながら、内心で頷いていた。

「あの、都子さんは、僕の光に寄ってきてくれますか？」

突然、春生が真剣な声音で言ったので、聡はポットを落としそうになった。

「……ごめんなさい。うちは、どんな光にも近寄らへんって決めてるんです」

よし、と落としそうになったポットを持ち直す。

「ですよね。そうだと思いました。ほかの女性とは温度が違いすぎる。そんな方がなぜこの場にいるのか、非常に興味が湧きます」

「ちょっと事情があるんです。せやけど春生さん、資産のお話とか抜きにしても、あなたは魅力的な方や思います。こう言うてはなんやけど、この場に相応《ふさわ》しくないほど素敵やわ。これはうちの単なる勘やけど、私以外にもそう思てる女性が、この会場にいはるんやないですか」

「え……？」

春生が意外そうに首を傾げる。

聡もつい、誰だ？　と会場を見回した。……全く分からない。

「さあさあ皆様、デザートのお時間は終了でございますよ」

ふいに、活子のアナウンスが響き渡った。

「このあとは、フリータイムに突入いたします。ラストチャンスです！　どうか気になる方とお話ししてください。何事も最後が肝心。ここで印象を残しておかないと、赤い糸も消えてしまうかもしれません。さあ、後悔しないように動いちゃってくださいませ！」

その途端、全員が一斉に立ち上がり、目当ての相手に近づいていく。都子のもとにも、数名の男性が歩み寄ってきた。

図々《ずうずう》しいことに、歯科医の拓斗もその中に交じっている。

「失礼。うち、お話ししたい人がいてはるんで」

速攻で男たちから逃れた都子が話しかけたのは、ひとりで佇《たたず》んでいた小柄な女性。

レモンイエローのワンピースを着た、三番のサクラだった。

「九条都子と申します。データを拝見しました。染谷桜《そめたにさくら》さん、っていわはるんですよね。さっきは残っていたお料理を食べてくれはって、ありがとうございました」

少し戸惑《とまど》ったようだが、桜は小さく微笑んだ。

「いえ。わたしも、もったいないなって思ってたので。美味しかったし」

「おんなじように考えてくれはった方がもうひとりいてはるんです。その男性と、ぜひお話ししてほしいんやけど」

「は、はい」

都子は桜を連れて、春生のもとに戻った。

すると、春生は女性たちから質問責めにされていた。春生をこき下ろしていたはずの一番と六番のキャンディ女子もいる。想定外に大きかった魚を逃すものかと言わんばかりに、媚《こ》びた笑顔ですり寄っている。行動がわかりやすすぎて、むしろ清々《すがすが》しい。

「あ、都子さん、桜さん」

春生は群れていた女性たちをかき分け、都子たちと合流した。

「うち、春生さんと桜さんは、お話が合うんやないかと思ったんです。おふたりとも残っていたお料理を食べてくれはったし、フィンガーボールのルイボスティーも飲んだはりましたよね。あれもほんまは、残すのはもったいないと考えたからやないですか？」

都子が春生と桜を交互に見る。

「いや、使い方がわからなかっただけですよ」

「わたしも。恥ずかしかったー」

ふたりは顔を見合わせて微笑む。

「桜さん、僕と席でご一緒したときも、しゃべるより食事を楽しんでる時間のほうが長かったですよね」

「ですね。わたし、出されたものはできるだけ残したくないんです。今日は緊張もあってつい食べすぎちゃいました。そのせいで春生さんともあんまりお話しできなくて、残念だなって思ってました」

「僕のほうこそ、食いに走ってすみません。次はしっかり話したいですね」

「はい。そんな機会があったらぜひお願いします」

視線を絡ませ合うふたりが、どことなくお似合いだな、と聡は思った。

「春と桜、お名前の並びが美しいですね。ほな、うちはちょっと、あちらの男性にひと言申し上げてきます」

あわただしくその場を離れ、今度は拓斗の前に立つ。

「お待ちしてました。僕はやはり都子さんが一番だなと思いました。専業主婦になる気満々の女性ばかりで、ちょっと辟易《へきえき》しちゃいまして。このあとまたふたりで……」

「すみませんが、お断りします」

気持ちがいいほどきっぱりと、都子が告げた。

「え？」

「はっきり言わせてもらいますね。二兎を追う者は一兎をも得ず、ですわ。どうか、この格言をお忘れにならんと、婚活を頑張ってください。ほな」

ハイスペックな歯科医の拓斗は、口をポカンと開けて立ちすくんでいたが、すぐ笑顔になって別の女性のもとへ歩み去った。……呆れるほど打たれ強い人だ。

一方、そのまま出入口に直進しようとした都子は、アプローチしてきた別の男性に進路を塞がれ、迷惑そうに顔をしかめている。

「――わあ、白金《しろがね》の一軒家にお住まいだったんですね。ステキ！」

嬌声《きようせい》がしたので聡が振り返ると、声の主はグラマラスな二番のモナだった。チャラそうな弁護士のヒロシを相手に、夢中で話している。

「古い家だけどリフォームは完璧。今度遊びに来てみる？」

「行きたい！　結婚したら広い家の一角で、ネイルサロンをやるのが夢なんです。それを叶えてくれるなら、お掃除とか家事も全力で頑張っちゃう」

「いいね。家事が得意な女性は大歓迎だよ」

「ヒロシさんともっと話したいな。よかったら、私に投票してくれませんか？」

「オッケー。じゃあ、モナちゃんも俺に入れてくれるってことだよね？」

「もちろんですよ！」

拓斗と投票し合う約束をしていたはずのモナは、あっさりと別の男に乗り換えていた。

フリータイムが刻一刻と終わりに近づく中、場内では自己アピールに精を出す男女が激しく入り乱れている。少しでも条件のいい相手を捕まえたいと、欲望で目をギラつかせている。

――なんだか怖い。毒気に当てられそうだ。こういう婚活パーティーに自分が参加することは、一生ないだろうな。

戦々恐々《せんせんきようきよう》としながら皿やグラスを片づけていると、男女の渦《うず》から逃げ出した都子に、主催者の活子が近寄ってきた。

「ちょっとあなた、七番の九条さん」

その瞬間、都子の身体《からだ》が硬直した。

「大変申し訳ございません！　いろいろと勝手なことをしてしまいました」

いきなり謝る相手に、活子は嫣然《えんぜん》と笑いかける。

「見てましたよ。あなた、婚活コンサルの素質があるわ。可能性を見出してご縁を取り持ち、問題のある方にはストレートにアドバイスをする。いいと思います。で、どうですか？　フィーリングの合いそうな方はいました？」

「残念ですが、私は無投票になりそうです」

「そう。でも、九条さんのような方が参加者に交ざってくださると、いい感じに場が盛り上がって、ベクトルがプラスに向く気がするの。できれば、また参加をお願いしたいくらいだわ」

「いえ、次からは料理の準備だけにしておきたいです。でも、今日はいろいろと勉強になりました。少しでもお役に立てたのなら幸いです」

活子に一礼した都子は、そのまま聡のもとにやって来て、「もう限界。厨房にいるわ」とささやいた。

「了解です」

聡は笑みを浮かべて、長い髪をなびかせる都子の背を見送った。

❖

「お疲れ様でしたー」

三つのビールグラスと声が重なり合い、各自の喉を冷えた泡と炭酸が潤《うるお》していく。

仕事を終えて都子の自宅に寄った聡と芽衣を、足元のアンコとキナコが激しく尾を振り歓迎している。

テーブルでは余り食材で都子が作ったマルゲリータピザと、食べやすくカットしたシュラスコの肉料理が、美味しそうな湯気を立てていた。

「はー、やっとひと息ついた。もうぐったり。芽衣さん、あんなこと私にさせるの、本当に最後にしてくださいよ」

「お陰で助かったよ。活子さんもよろこんでた。ピンチを埋めてくれた都子のこと、気に入ったみたいだね」

「そっちじゃなくて、共同作業にこだわった今日の料理を評価してほしいですよ。誰も食べなくなったときは怒り心頭だったけど」

「僕、会場で冷や冷やしてました。食い気より色気のイベントだから仕方がなかったのかもしれないけど。シュラスコの肉もピザもこんなに美味しいのに、残っちゃって残念でしたね」

「ねー。聡、もう少しお肉食べなよ」

「いただきます」

こんがりと焼かれたアンガス牛のロースに、ブラジルの定番ソース〝モーリョ・ヴィナグレッチ〟をたっぷりかけて、口に運ぶ。玉ねぎ、パプリカ、トマトなど刻んだ野菜に、オリーブオイルやビネガーを加えた酸味の強いソースが、ロースの脂《あぶら》っこさを抑えて肉本来の旨味《うまみ》を引き立てている。

「――旨いなあ。ビールともよく合います」

「聡くん、美味しそうに食べるから見てて気持ちいいね」

向かい側で芽衣が目を細めている。

「そうなんですよ。聡が来てくれてから、うちで料理するのがこれまで以上に楽しくて。すぐそばに試食係がいてくれると、創作意欲が倍増するんですよね」

「……お役に立ててよかったです」

冷静に返したが、照れくさかったので席を立ち、「アンコたちにもシュラスコの端切れ、あげちゃいますね」とキッチンへ行った。

塩味のついた部分はナイフで削ぎ落とし、食べやすく刻んでふたつの犬用皿に入れて、ダイニングの角に置く。勢いよく走ってきたアンコとキナコが、夢中でそれぞれの皿に頭を突っ込んだ。

「ねえ、さっきの話だけどさ、出席者の中に残ったピザを食べてくれた人がいたんでしょ。世の中、捨てたもんじゃないね」

自身もカットされたピザを取りながら、芽衣が都子に言った。

「そうそう、春生さんと桜さん。最終的に、あのふたりだけカップルになったんですよね。よかったー」

「都子さんは、春生さんたちが惹かれ合ってたこと、わかってたみたいでしたね。なんでですか？」

　席に戻った聡が尋ねると、都子は満面の笑みをたたえた。

「ふたりは同じような行動をしてたから、ウマが合いそうな気がしたんだ。それに、春生さんと席で話してるとき、常に誰かの視線を感じてたの。きっと聡だろうな、と思ってたんだけど……」

「違いないです。なんか気になっちゃって」

　恥ずかしながら認めるしかなかった。

「やっぱりね。だけど、桜さんとも何度か目が合ったの。彼女は私じゃなくて、春生さんを見てたんだよ。それでピンときて、カップリングに協力しちゃったんだ」

　パーティーの最後に活子からカップル成立が発表されたとき、春生と桜はとても幸せそうだった。周りで拍手をする男女は、総じて不機嫌そうに見えたけど。

　フリータイムで互いに投票する約束をしていたモナと弁護士のヒロシも、カップルにはならなかった。それが不思議だったのだが、きっとふたりとも複数人と同じように口約束を交わしていたのだろう。その結果として、誰とも矢印が重ならなくなってしまったのだと思われる。

「……結局、ひとりと真摯に向き合った人だけが、チャンスを摑んだってことなのかな」

「それは言えるね」都子が聡に頷《うなず》いた。

「人間関係は合わせ鏡だって説があるけど、そうかもしれないなって思うんだ。自分と同じような思考の持ち主が周りに集まるんだよね。大勢にモテたいと思う人には同じような相手、ひとりに一途《いちず》な人には、そういう人が近寄ってくるんじゃないかな」

なるほど、と聡は大きく頷いた。自分も心に留めておこう。

「……あ、今わかった。もし私がまた婚活パーティーに参加するなら、お相手に求める条件がひとつだけある」

「なになに？　気になるな」

身を乗り出した芽衣に、都子は朗《ほが》らかに告げた。

「料理を残さず美味しそうに食べてくれる人。それだけは譲《ゆず》れないかな」

「条件のハードルが低いね。都子らしいよ」

「参加なんてもうしませんけどね。いくら芽衣さんの頼み事でも」

「わかってる。恋愛も結婚も興味ないんでしょ」

「その通り。私の恋人は仕事なんだから」

「はいはい、都子とシェフの仕事は、お似合いのカップルだよ」

「ですよねー」

笑い合うふたりを前に、聡は皿に残っていたシュラスコを速攻で平らげた。

そういえば都子の元彼の湊も、好き嫌いがなくなんでも美味しそうに食べる人だったな、と余計なことを思い返しながら。

「だけど、あれだけ趣向を凝らしたのにカップリングしたのがひと組だけって、プロデューサー的にはどうなんだろう？　芽衣さん、どう思います？」

「いいんだよ。ひと組でも全然いい。それで、ほかの出席者たちはみんな思うはずなんだ。いいな、うらやましいな、自分もこんな風に拍手してもらいたいなってね。自分ならもっといい相手を捕まえられるはずだと、勝手にライバル心を掻き立てる人もいる。それが、新たなモチベーションになるんだ。で、次回も来てくれるってわけ。これ、活子さんの受け売りね」

芽衣はしたり顔をしている。

「そんなもんなんですかねえ。私は本当にもうコリゴリ。男も女も肩書や条件だけで相手を見て、大切なものを見逃しそうな人ばかりだったし、気疲れしちゃった」

うんざりと言った都子が、コキコキと首を回す。

「でも都子さん、かなりモテてたじゃないですか。僕は目が離せなかったんですよ。悪い虫でもついたら困るから。……マネージャーとしてだけど」

「お、忠実なナイト発見。聡くんはプリンセス都子を守るナイトなんだね」

「ありがたいねー、アンコとキナコも聡に守ってもらおうね」

丁度肉を食べ終わった二匹は、都子の声には無反応で皿を舐め続けている。

ナイトでもなんでもいい。少しでも長く都子さんのサポートをしていたい。

――そういえば、大学の頃に湊さんが言っていた。

「都子は、花嵐《はなあらし》のような女だ」と。

その意味を問うと、彼は愛おしそうに説明してくれた。

「花嵐は、桜が咲く頃の嵐だ。大地を吹き乱して、そのあとに新緑を芽吹《めぶ》かせる、強くて温かな恵みの嵐だよ。そんなパワーを、都子にも感じるんだ」

言いえて妙だなと、今さらながら思う。

こちらが怯《ひる》むほどはっきりとひと言申しては、その場をプラスの方向に導いてくれる。そんな都子が巻き起こす花嵐を、ずっとそばで見ていたいと、聡は切に願っていた。

「そうだ」芽衣がふいに、飲んでいたビールのグラスを置いた。

「ふたりに言おうと思ってたんだけど、来月の三十日にうちの創立三周年パーティーをやる予定なの。パーティーって言っても身内とお得意様だけのこぢんまりとした会だから、会場はうちの別荘にしようかと思ってるんだけどね」

「別荘？　芽衣さんって別荘持ちなんですか？」

都子が目を見開いている。

既婚者で別荘持ち。今日は芽衣に関する新情報が続々と飛び出してくる。

「一応。鎌倉に親から譲り受けた無駄に広い家があってさ。あんまり使わないから、こういう機会に活用したらいいって言われて」

「そうなんだ。誰に言われたんですか？　旦那さん？」

都子の問いかけに、「あーっと、そうなの。うちの夫もハウスダイナーの関係者だから」と、なぜかあわてたように芽衣が答えた。

「でね、そのパーティーの料理を都子にお願いしたいんだよね」

「わ、光栄だな。聡、スケジュール大丈夫だよね？」

「来月三十日ですね。少々お待ちください」

すかさず席を立った聡は、仕事用のカバンから手帳を取り出し、都子のスケジュールを確認した。

「丁度空いてます。スケジュール的には問題ないですよ」

「聡くんのＯＫが出た。都子、引き受けてくれるかな？」

「もちろん。お世話になってるハウスダイナーの周年パーティーなんだから、張り切らせてもらいます」

「よかった。七十名くらい招待する予定だから、都子以外にもうひとりうちの契約シェフを頼む予定なんだ。ルイ・マルタンってフレンチ専門の出張シェフ」

「ルイ? 聞いたことあるような、ないような……」

都子はしきりに首を傾げている。

「僕、名前だけは知ってます。フランス人と日本人のハーフで、フランスで修業したシェフ。最近、ネットとかで話題になってますよね。かなりのイケメンだって噂《うわさ》です」

即座に答えた聡を、都子は「さすがマネージャー、詳しいね」と見上げている。

……単純だけど、うれしくなってしまった。チワワのように尻尾があったら、振り回していたかもしれない。

「ルイはうちと契約してまだ半年くらいなんだけど、人気急上昇中の新星なんだ。でね、彼がフレンチ専門だから、都子には和食をオーダーしたい。おばんざい風の料理がいいな。ちなみに、ルイにはフランスの家庭料理を頼むつもりなの。ありきたりなパーティー料理じゃなくて、うちならではの個性を出したくて」

芽衣が誇らし気に説明し、都子が「了解です」と請け負った。

「七十名規模の立食パーティーでおばんざい。逆に挑戦的でいいですね。予算はどのくらいで考えればいいですか?」

「ひとり頭六千円くらいで、五品以上あると助かる。デザート類はこっちで用意するから、大皿料理を頼むよ。仕度が終わったら自由に過ごしてくれていいからさ。聡くんも一緒に」

「わかりました。秋だから京野菜をたくさん使いたいですね。さーて、何を作ろう。素材を見てから考えたほうがいいかな……」

早速、都子は思案を始めた。

よし、おばんざい研究サークルの元メンバーとして、僕もアイデア出しに協力しよう。鎌倉に行くのも久々だから楽しみだ。

「……ん？　アンコどうした？」

聡の膝の下辺りに、黒毛のアンコが前足をかけて舌を出している。

茶毛のキナコも、アンコに寄り添って聡をじっと見上げていた。

「さてはお代わりのおねだりだな。都子さん、どうします？」

「もう少しだけなら大丈夫かな。今夜は特別ね」

「よし、ちょっと待ってて」

キッチンに空の皿を運び、ふたつにお代わりを入れて定位置に置いた。待ちきれずに足にまとわりついていたアンコとキナコが、それぞれの皿に突進する。

「……この子たちもそうだけど、誰かが何かを一心に食べてる様子って、見てて元気が出るんだよね。生のエネルギーを感じるからかな」

テーブルに頬杖をつきながら、都子がハグハグと音を出す二匹をやさしく見つめている。

「僕もです。食べる、イコール、生きる、ですもんね」

「その通りだ。命の営みを支える食に関わる仕事ができて、うちらは幸せだよね」

しみじみと言った芽衣に、聡は都子と大きく頷いた。

肉を平らげたアンコとキナコが、ごちそうさまでした、と言わんばかりに聡の足元に鼻をこすりつけてくる。「ああ、愛おしいな」と心底思う。目の前では都子と芽衣が雑談をしながら楽しそうに笑っている。

その瞬間、「幸せ」の二文字が、胸の中で夜空の星のように輝いた。

4

一途な京女と
懐かしのおばんざい

「見てよ、この立派な聖護院《しょうごいん》かぶ。きめ細やかでどっしりしてて、いい子に育ったねえ」

ダイニングテーブルに積み上げられた野菜の中から、都子《みやこ》は自身の顔くらいある大きなかぶを持ち上げた。

聖護院かぶと言えば、千枚漬《せんまいづ》けの材料としてお馴染みの京野菜だ。

「よしよし、美味しいかぶら蒸しにしてあげるからね。魚屋さんから活きのいいぐじが入りそうって連絡があったから、ぐじのかぶら蒸しがいいかな。聡《さとる》はどう思う？」

すりおろしたかぶに泡立てた卵白を合わせ、魚などに載せて蒸し、出汁《だし》の利いた葛餡《くずあん》をかける〝かぶら蒸し〟。関西では〝ぐじ〟の愛称で知られる甘鯛《あまだい》は、この料理の定番とも言える魚だ。

「いいですね。ぐじを食べやすいサイズにしてかぶら蒸しにすれば、パーティー向きになりそうです」

「それをホイルのカップに入れて、生ワサビと食用菊を飾るの。いい感じになりそう。あ、こっちの金時《きんとき》にんじんも赤みが濃くてキレイ。京壬生菜《きょうみぶな》と一緒に白和《しらあ》えにしようか。干し柿も入れたら甘みが増していいかも。そこにクリームチーズも加えてコクを出そうかな。――ああ、こっちはなんて大きなかぼちゃ。キミも立派に育ったね」

次は、ひょうたんのような形で皮がゴツゴツとした、巨大なかぼちゃに手を伸ばす。まるで我が子のように野菜をやさしく撫《な》でている。

「京都の伝統野菜・鹿ケ谷《ししがたに》かぼちゃ。形が独特だから飾り用に使われることが多いけど、味だって上品でしっかりしてるんだよね。中をくりぬいたあと、外側を器《うつわ》にするのも面白いかな」

「あの、鹿ケ谷かぼちゃは和風コロッケにしたらどうでしょう。昔、えびいもの挟み揚げでやったみたいに、八丁味噌《はっちょうみそ》とタコのミンチ、柚子《ゆず》を入れてコロッケにするんです。それを鹿ケ谷かぼちゃの器に盛りつけたら、華やかになりそうじゃないですか」

「なるほど、いいかもね。それ、試してみよう」

ハウスダイナーの三周年パーティーを目前に控えたある日の午後。仕入れた京野菜を前に、聡は都子とメニュー構成の相談をしていた。

一緒に素材を見て、それに合うレシピを考える。おばんざい研究サークルでやっていた頃を思い出して、テンションが上がってくる。

「それから、白和えを出すならいっそのこと干し柿の中身をくりぬいて、そこに詰めたらどうでしょう。小さめの干し柿を選んで一人前にすれば取りやすいし、丸ごと食べられる。パーティー向けのひと品になりそうだなと」

「いい。聡、冴えてるよ。それ採用」

「じゃあ、足りない食材を買いに行きましょうか」

立ち上がろうとした聡を、「ちょっと待って」と都子が呼び止めた。

「メイン的な料理として、あれを作りたいんだよね。近江牛《おうみぎゅう》と生麩《なまふ》と九条《くじょう》ねぎの炊《た》いたん・生八《なまや》つ橋《はしづつ》包み」

「えっと、それは……」

近江牛のもも肉と生麩、九条ねぎをすき焼き風の味つけでトロトロに炊いて、甘さ控えめの手作り生八つ橋で包んだオリジナル料理。一個食べるとかなりの満足感が得られる、ボリューミーな創作料理だ。

しかも、聡と都子、それから湊《みなと》。皆がおばんざい研究サークルにいた頃に試作を重ねて作り上げた、三人の思い出が詰まったレシピだった。

生八つ橋を料理に使いたいと発案したのは都子。聡は中の具材について一緒に頭を捻った。八つ橋の柔らかさやニッキなどの香料の量を計算し、おばんざい風に調整したのは湊だ。ようやく理想の味に仕上がったときは、まるで何かの大会で優勝したかのように、三人でよろこび合った——。

「……聡？　何か気になる？」

「いや、久しぶりだなあと思って」

湊の名前を出すのは憚《はばか》られたので、適当に誤魔化《ごまか》した。都子が気にしていないのなら、わざわざ言う必要はない。

「私も作るの久しぶり。あれって、うちらの最高傑作だったじゃない？」

「確かに。白玉粉《しらたまこ》と米粉《こめこ》を合わせた大きめの生八つ橋で、たっぷり具を包むんですよね。上質な近江牛の肉汁、生麩と九条ねぎから溢《あふ》れる出汁、それらを丸っと受け止める生八つ橋。ウマかったなあ。あれは傑作でした」

「ねー。あれも食べやすいからパーティー向きの献立だなと思って。賛成してくれる？」

「当然ですよ。いいと思います」

「よかった。じゃ、買い物リストをメモしてから行こう」

スマートフォンを取り出し、熱心にいじり出す。トレードマークの長いポニーテールが、首の下まで垂れている。

「お、来たな」

アンコとキナコが足にじゃれついている。

今や聡は、すっかり二匹の世話係になっていた。

「一緒に車に乗って、買い物のあとでドッグランにでも行こうか」

言葉が伝わっているかのように、じゃれ具合が激しくなってきた。

聡は床に屈《かが》んで、二匹の柔らかい毛並みを手の平で愛《め》でながら、都子の支度が整うのを待った

❖

パーティー当日の正午すぎ。都子のワゴン車で乗りつけたのは、自然豊かな鎌倉の高台に建つ、年季の入ったレンガ造りの洋館だった。

百平米はありそうなリビングには本格的な暖炉が設《しつら》えてあり、重厚なアンティーク家具と相まって、〝ヨーロッパの古城〟とでも表現したくなる。

南側の一面はガラス窓で覆われ、遠くに紺碧《こんぺき》の海が広がっている。

広大な庭にはブナや栗、クルミなどの大木が生えており、両頰《ほお》を木の実で膨らませたリスが、枝と枝のあいだをちょろちょろと行き来している。紅いモミジと黄色いイチョウの葉は、そろそろ紅葉の見頃を終えようとしていた。

「すごい家だな。芽衣《めい》さんの親御さん、大金持ちだったんですね」

目を見張る聡に、芽衣が小さく笑みを寄こす。

「父親が貿易会社をやってたの。今は別の人に経営を任せて、母親とカナダに移住

してるんだけどね。前に母が体調を崩したとき、この家でしばらく静養させてたんだ。ここは空気もいいし気候も穏やかだから、病気の治療には持ってこいだったようで。今はすっかり回復してるよ」

「わかります。さっきからリスが木の実を運んでる。自然の恵みが豊かでステキ。こんな場所で静養したら、誰でもすぐ元気になれそう」

都子も眩《まぶ》しそうに、窓の外を覗き込んでいる。

「芽衣さん、今夜なんですけど」

聡が芽衣に視線を移すと、彼女はなぜか物憂《ものう》げに目を伏せていた。だが、すぐに「なに？　なんでも質問して」と明るく返事を寄こした。

――何か辛い出来事を思い出していたのかな。もしかして、ここで静養していたというお母さんの体調について、言えないことでもあるのか……。いや、考えすぎだろう。

勝手な憶測は終了させて、頭を仕事モードに切り替えた。

「このリビングをパーティー会場にするんですよね。テーブルとか椅子とか、セッティングが必要なんじゃないですか？」

「うん。昔は両親がよく知人を集めてたから、庭の倉庫に簡易テーブルや椅子が仕舞ってあるの。それをここに運ぶ。ソファーや椅子は窓際に並べて、一階の客間も全部開放して、好きな場所で食事を楽しんでもらうんだ」

「いいですね。海外ドラマとかで観るホームパーティーみたい」

別荘に来てからの都子は、いつもより華やかに見える。服装は黒系のブラウスとパンツだけど、朗《ほが》らかな表情のせいかもしれない。

「そうそう、欧米風のホームパーティーがやりたかったんだよね。もうすぐ社員たちが来るから、セッティングを手伝ってもらう予定なんだ」

ホストとなる芽衣は、メガネをコンタクトに変え、光沢《こうたく》のあるグレーのトップスと同素材のタイトスカートを身に着けている。淡い紫のストールを肩からかけて、大人の女性を装っているが、童顔までは隠せていない。

「そうだ、都子も聡くんも、二階の部屋には行かないでもらえると助かる。一階を開放するために余計なものを運んだから、どこも散らかってるんだ」

「はーい。早速、キッチンをお借りしますね」

「じゃあ、僕はセッティングを手伝います」

都子と聡が動こうとしたら、玄関のほうから人の話し声が聞こえてきた。

「うちの夫だ。ルイたちを車で迎えに行ってたんだ」

芽衣が言い終えると同時に、三人の男性がリビングに入ってきた。

「こんにちは。和食担当の九条《くじよう》都子さんとマネージャーの堀川《ほりかわ》聡くんだね。芽衣がいつもお世話になってます。夫の新房太蔵《しんぼうたいぞう》です」

背が高くどっしりとした体型で、ベージュのニットジャケットに焦げ茶のパンツを合わせている太蔵。口髭《くちひげ》がよく似合う彼は、都内でスマートフォン向けアプリの開発会社を経営している。芽衣が立ち上げたハウスダイナーの出資者でもあるらしい。

都子と聡が太蔵に挨拶をすると、「紹介するね」と芽衣がふたりの男性のもとに歩み寄った。

「フランスの家庭料理をお願いした出張シェフのルイ・マルタン。それから、ルイのサポートをしてるレン・マルタン。レンはルイのお兄さんで、普段は通訳関係のお仕事もしてるの」

明らかに日本人ではないルイとレン。ふたりとも黒のシャツとパンツにダウンジャケットを羽織《はお》っただけだが、モデルのように見栄えがいい。

挨拶はボンジュールでいいのかな？

逡巡《しゅんじゅん》する聡の前で、「はじめまして」とルイとレンが同時に日本語をしゃべった。どうやら言葉の壁は心配ないようだ。

「ルイって呼んでください。九条都子さんはボクの大先輩で、目標とする出張シェフ。ご一緒できて光栄です」

想定外の高い声。巻き毛の金髪に澄んだ青い瞳。華奢《きゃしゃ》な体つきで抜けるように白い肌。

なんとルイは、少年と呼んでいいくらい若い男の子だった。

「驚いた？　ルイはまだ十九歳なんだ」

愉快《ゆかい》そうに芽衣が含み笑いをする。

「十九歳。なのにもうハウスダイナーの売れっ子だなんてすごいね」

感嘆する都子。聡も大いに同感だった。

「ご両親がフランスのリヨンでレストランを経営してて、子どもの頃から料理の技を仕込まれてたんだよね。そのご両親が日本でレストランをやることになって、ルイとレンもこっちに来たってわけ」

芽衣に紹介され、ルイは芸能人ばりに白い歯を覗かせる。

「はい。母が日本人で和食も教えてもらったけど、ボクはフランス料理が一番だと思ってます。今日は都子さんに負けないように頑張ります」

目つきが鋭い。ブルーアイズの可愛い外見とは裏腹に、かなり我が強そうだ。

「ルイくんたちのお母様、ご出身は日本のどちらなの？」

屈託《くったく》なく都子が問いかけた。

「北海道の旭川《あさひかわ》です」

ルイではなく兄のレンが答える。

歳は二十代半ばくらい。栗色の髪を後ろに撫でつけているレンも、ルイに似た彫《ほ》りの深い顔立ちをしている。瞳の色は青ではなく薄茶で、弟よりも日本人の要素が強そうだ。あくまでも外見だけだけど。

「だったら、北海道料理もお母様から教わったのかな？　イカめしとかジンギスカンとか」

　再度質問した都子に、「いいえ、正統派の和食が多かったかな。なあ、ルイ？」と、またもやレンから返答があった。ルイは面倒くさそうに「ああ」と頷《うなず》く。最初は調子よく挨拶していたのに、急に不機嫌になってしまった。理由がわからなくて戸惑ってしまう。

「ねえルイくん。お互いのメニューを確認しておかない？　何を出すのか詳しく把握しておきたいんだ。被ったりしないように」

めげずに都子が話しかけると、ルイは瞬時《しゅんじ》に首を横に振った。

「都子さんのメニュー構成は芽衣さんから事前に聞いてます。都子さんもそうでしょう。だから被りはないはず。時間がもったいないから調理に入ります」

「……そう。ちょっとは仲良くしておこうかと思ったんだけど、ま、いっか」

　さほど気にしていないような都子だが、聡はカチンときていた。

なんだよ、せっかく先輩が気を遣って話しかけてるのに、生意気なヤツだな。先入観はよくないとわかってはいるけど、ルイに対する第一印象は、決していいとは言えなかった。

「今日はよろしくお願いします。あの、キッチンはどう使えばいいですか？」

大きなスーツケースを手にしているレンが、芽衣に尋ねた。

「案内するね。二世帯用になってるから、レンジもシンクもふたつあるの。都子とルイで分けて使ってほしいんだ」

奥のキッチンへと向かう芽衣のあとを、都子とマルタン兄弟がついていく。

「さて、会場の準備をしようか」

太蔵が腕まくりをしたので、聡は「手伝います」と近寄った。

「助かるよ。僕は仕事があって、また都内に出ないといけないんだ。帰ってこられるのはパーティーが終わる頃かな。それまで料理が残ってるといいんだけど」

「じゃあ、太蔵さんの分は別に取っておきますよ」

「そうしてもらえるとありがたい。都子さんの料理、実は楽しみにしてたんだ。申し訳ないけど、食器棚の一番上に置いといてもらえるかな。トレイもそこに入ってるから」

「了解です。可能ならルイくんの料理も一緒に取り置きしておきましょうか」

「いや、都子さんのだけで十分だ。戻ってくるのが楽しみだよ」

ご機嫌な太蔵と共に、聡はリビングの椅子やソファーを窓際に並べた。

ほどなく社員たちが別荘に到着したので、あとは任せてコックコートを着て、都子のサポートに徹した。都子とお揃いのコートを身にまとうと自然に背筋が伸びて、やる気が漲《みなぎ》ってくる。

夕刻から始まる立食パーティーまで、のんびりとしている時間はそうなかった。

❖

庭の木々のあいだに夕陽が沈んだ頃、招待客が別荘に続々と集まってきた。

所属している出張シェフ、主な大口取引先、食品業者など、職種は様々。聡が辞めた保険代理店の立花《たちばな》社長もいたら気まずいなと思っていたのだが、幸いなことに立花は招待されていないようだった。

リビングの中央には、組み合わせた長テーブルに白いクロスをかけたフードコーナーが設《もう》けられていた。豪華な生け花を囲むように、都子とルイが腕によりをかけた料理がずらりと並んでいる。

一同にスパークリングワインが配られ、男性の副社長による音頭で乾杯をしたあと、芽衣がスタンドマイクの前に立った。

「お忙しい中お集まりいただき、誠にありがとうございます。本日はハウスダイナーに所属する出張シェフ二名に料理をお願いしました。まずは、九条都子さんによるおばんざい風の和食。都子さんから簡単に紹介していただきます」

ポニーテールに白いコックコート姿の都子が、堂々たる佇《たたず》まいで進み出る。

「僭越《せんえつ》ながら和食を担当させていただきました。まず、ガラスの器に入っているのは、丸なす・伏見《ふしみ》とうがらし・手長《てなが》エビを鰹節《かつおぶし》と昆布《こんぶ》の出汁のジュレと絡めた冷菜です。隣の干し柿の中には、金時にんじんと京壬生菜のクリームチーズ入り白和えが詰めてあります」

干し柿の白和え詰めに、ゲストたちから「カワイイ」の声が湧いた。

自分のアイデアを褒《ほ》められたようで、聡の頬が緩みそうになる。

「こちらのひょうたんのような形の鹿ケ谷かぼちゃの器には、かぼちゃに八丁味噌とイイダコのミンチを加えたコロッケが。また、ホイルのカップにはぐじのかぶら蒸しが入っています。そして、特製の生八つ橋で包んであるのは、近江牛と生麩と九条ねぎのすき焼き風炊いたん。締めの一品として、京野菜の漬物《つけもの》を巻いた手毬《てまり》寿司もご用意しました。どうかお楽しみください」

大きな拍手の中、再び芽衣がマイクを取り、都子とルイが入れ替わる。

「続いては、ルイ・マルタンさんが担当したフランス家庭料理です。ルイさん、お願いします」

黒のコックコートを着たルイが、これまた緊張の片鱗《へんりん》も見せずに話し出す。

「今回は故郷のフランスで母が作ってくれた料理を再現しました。キャビア・ド・オーベルジーヌは、香草とオリーブオイルで焼いた秋ナスをペースト状にし、キャビアに見立ててバゲットに載せた前菜です。パテ・ド・カンパーニュは、豚の粗挽《あらび》きに鶏レバーを加え、スパイスやハーブ、ナッツ類を入れて焼き上げました」

金髪と青い目で流暢《りゅうちょう》な日本語を話すルイは、主に女性たちの熱い視線を集めている。

「それから、卵とチーズ、ミルクにズッキーニなどの野菜を入れ、オーブンでふんわりと焼いたフロン・ド・レギューム。こちらのフリカッセは、秋鮭《あきじゃけ》と舞茸《まいたけ》を生クリームのソースで煮た料理。蕎麦《そば》粉のガレットの中には、生ハムとフレッシュチーズ、ルッコラがたっぷり入っています。牛すね肉と野菜を煮込み、マヨネーズ風のアイオリソースを添えて食べていただくポトフは、鍋から好きなだけ盛ってください。以上になります」

拍手喝采《かっさい》を浴びてルイがマイクから離れた。

都子もルイも説明は端的だが、テーブルから漂《ただよ》う料理の香りと相まって、聞いているだけでお腹が空いてくる。

「それでは皆様、ワイン、日本酒、焼酎《しょうちゅう》など、飲み物もいろいろご用意してあります。お好きな場所でお好みの料理を召し上がってください」

芽衣の案内で、総勢七十名のゲストが飲み物と料理を物色し始めた。その周囲で、ハウスダイナーの男性社員がビデオカメラを回している。パーティーの様子を社内用に記録するそうだ。

グラスや皿の上げ下げや、料理の追加はハウスダイナーの給仕係たちがやってくれるので、聡は都とコックコートを脱《ぬ》ぎ、ノンアルコールの白ワインでひと息ついた。

「いやー、大人数の料理は大変ですね。間に合ってよかった」

「家で下ごしらえしてきたし、聡が手毬寿司やってくれたしね。量があったから手が疲れたでしょ」

「都子さんに比べたら楽なもんですよ。ルイくんも手際が良かったな。彼の料理、食べてみたくないですか」

平常心を保って言ってみたものの、実はどれほどの腕なのか、試してやりたい気持ちで一杯だった。調理中にボソッとつぶやいたルイの言葉が、頭から離れないからだ。

それは幸いなことに、化粧室に行った都子が、キッチンに戻ってくる直前の出来事だった。

「ウップ、和出汁の匂い。やっぱ好きになれない」

都子が大鍋で作った鰹節と昆布の出汁に対して、ルイは暴言を吐いた。

「こら、思うのは勝手だけど口にはするな」

兄のレンに窘《たしな》められていたが、「ノンノン、嫌なもんは嫌なんだよ。和出汁なんて最悪だ」と、反省の素振りなど微塵《みじん》もなかった。

フレンチ専門だからって、和食の出汁を否定するなんて言語道断《ごんごどうだん》だ。しかも、準備を手伝っている聡の存在を無視したかのような発言。どうしたって許せそうにない。

「お待たせ。さあ、仕上げちゃおっか」

キッチンに戻ってきた都子の表情に変化がないことだけが、唯一の救いだった。

「ルイくん、相当な自信家に見えたんで、どんな味なのか気になるんですよね」

本心では憤《いきどお》りが収まらないままでいる聡に、「ん、そうだね」と都子が頷いた。

ルイの暴言を知らないため、邪気《じゃき》のない笑顔を見せる。なんだか悔しい。できることならルイの料理に、思いっきり駄目出しをしてやりたい。

ふたりで料理のテーブルに向かおうとしたら、都子の周りに人が集まってきた。

「九条さん、わたしもハウスダイナーの所属シェフです」

「僕も。名刺交換させてもらっていいですか？」

「俺もぜひお願いします」

「九条さんの料理がいただけるなんて、今日は来てよかった」

都子は同業者たちに囲まれてしまったので、聡はひとりで料理を取りに行った。

大きな取り皿に、まずはキャビア・ド・オーベルジーヌを載せる。ディップしたナスの粒々《つぶつぶ》とした感じが、キャビアっぽく見えなくはない。厚めにカットされたパテ・ド・カンパーニュは、かなり食べ応えがありそうだ。キッシュの中身だけ取り出したかのようなフロン・ド・レギュームも、野菜がごろごろしていて食欲をそそる。

いやいや、だからと言って美味しいとは限らないぞ。

三品を盛った皿を抱え、薪《まき》のくべられた暖炉のそばでフォークを握った。

まずは、キャビア・ド・オーベルジーヌを口に運ぶ。

……う、ウマい！　ナスに玉ねぎ、トマト、ほんの少しのニンニク。香草はタイムとローズマリー。ほかにも入ってそうだな。エクストラバージンオイルの上品な香りとピンク胡椒《こしょう》が軽やかな刺激になり、外カリ中フワの高級バゲットとの相性が抜群だ。

こっちの田舎風パテは、クローブ、シナモン、ナツメグなどで香りづけした豚挽き肉と鶏レバーの中に、ピスタチオやオレンジピールが入っていて、嚙むごとに味覚の変化が楽しめる。

フロン・ド・レギュームはバターと卵黄《らんおう》のコクがすごい。ふわっとしながらもしっかりとした食べ心地なのは、ブロッコリー、ズッキーニ、パプリカ、それにクワイといった野菜が隙間《すきま》なく詰まっているからだ。

どの料理も相当手が込んでいる。素朴な家庭料理だからこそ、仕事の細やかさが完成品に現れてしまう。これはプロの仕事だ。いや、ルイはプロなのだから当然なのだが、〝生意気な少年〟という先入観が味覚を邪魔しそうになっていた。

いかん、反省しないといけないな。

聡は他《た》の料理も少しずつ皿に取って味わった。

生クリームの風味と脂《あぶら》の乗った秋鮭、肉厚な舞茸の組み合わせが絶妙なフリカッセ。

嚙むと生ハムの旨味とフレッシュチーズのクリームがトロンと溢れ、胡麻《ごま》のようなルッコラの風味と蕎麦粉の香ばしさが一体となったガレット。

箸でも崩れるほどに煮込まれたポトフの牛すね肉は、自家製アイオリソースをつけると、とてつもない美味が口内を占拠《せんきょ》する。肉や野菜の出汁が濃縮されたスープも絶品で、いっそのこと鍋ごと飲み干したくなる。

……参った、完敗だ。何に負けたのか自分でもよくわからないけど。

都子の料理が負けたとは一ミリたりとも思っていないが、自分の中に芽生《めば》えていたドス黒いものが、すっかり消え去っていた。

「ボクの料理、食べてくれたんですね。うれしいな」

斜め後ろからルイに声をかけられた。

コックコートを脱いで私服になった彼は、高校生と見まがうばかりに幼い。

「月並みな言葉だけど、本当に美味しいよ。どの料理もすごく繊細だね」

自分でも驚くほど、素直に賞賛《しょうさん》してしまった。

いけ好かないのは確かだが、優秀な料理人が人格者だとは限らない。むしろ、癖の強い人のほうがクリエーターとして優れている場合もあるはずだ。

「ありがとう。母の受け売りの料理なんですけどね」

そう言ってグラスの白ワインを飲む。未成年なのに大丈夫なのか？

「これ、ノンアルコールです。ワインは子どもの頃から飲んでるけど、日本では控えてます」

「ああ、そうなんだ」

心の中を見透《みす》かされたようで、なんだか居心地が悪い。

「都子さんの料理も好評ですね。盛りつけが美しいし、アイデアも豊富だ」

言われてフードコーナーを見たら、多くのゲストが都子の料理に舌鼓《したつづみ》を打っていた。減り具合のスピードはルイの料理と同じくらいだろう。

コーナー脇では、都子とレンが大皿を手に談笑している。都子はキャビア・ド・オーベルジーヌ、レンは干し柿の白和え詰めを食べているようだ。

「ルイくんも都子さんの料理、食べてみたの？」

「いや、食べなくてもわかります」

食べてないのかよ！　と突っ込みそうになったが、和の出汁が好きではないのなら、手をつけたりしないだろう。

「洋風と和風、しかも家庭的な料理を並べて飽きさせないようにするなんて、さすがハウスダイナーだ。いい企画ですよね。あっちの男女ふたり組が、都子さんとボクの料理を食べ比べて点数をつけている。そのくらい面白い企画なんでしょう」

「点数をつけてる？」

ルイの視線を追うと、スーツ姿の男女が窓際の椅子で大皿に盛った料理を食べ、そのつど手帳に何かを書き込んでいる。「和の二皿目は八点かしらね」「フレンチの二は九点でもいいな」などと会話も微《かす》かに聞こえる。

……一体、なんのために採点をしているのだろう？

「さっきは大皿の料理をカメラで激写してたから、雑誌の記者あたりじゃないかな。ミシュランの審査員ってことはまずないでしょうね。彼らはあんなのとは比べ物にならないほどスマートだ」

そんなルイの推測を確認するべく、前を通りかかった芽衣を呼び止めて、男女の素性《すじょう》を尋ねてみた。

「――グルメ情報誌の記者さんだよ。うちの会社の紹介記事を掲載してもらうんだ。周年パーティーの様子をリポートするって言うから来てもらった。シェフへのインタビューなんかは予定にないから、気にしないでいいよ。スナップ写真くらいは掲載されるかもだけど、事前チェックがあるからNGなら言ってくれればいいしね」

「でも、ルイくんが気づいたんだけど、和食とフレンチを食べ比べて採点してるみたいなんです。それも記事にされるんでしょうか？」

知らないうちに料理をジャッジされている。それを都子が知ったらどう思うのか、考えると鼓動《こどう》が速まってくる。

「料理の採点？　聞いてないな。ちょっと確かめてくる」

「じゃあ、僕も行きます」

「ボクも確認したい」

芽衣と一緒に聡とルイも、記者たちのもとへ行った。

「あの、すみません」と芽衣が声をかけた途端、男女は手帳を閉じて立ち上がった。

「はい、なんでしょう？」

いかつい顔の男性が笑みを作る。赤縁メガネをかけた女性も同様だ。ふたりとも三十代後半くらいだろう。

「ええと、まずはご紹介させてください。この方々はグルメ雑誌『極上皿《ごくじょうざら》』の記者さんで、鰐淵敦彦《わにぶちあつひこ》さんと篠田深雪《しのだみゆき》さん。こちらはシェフのルイさんと、九条都子さんのマネージャーの堀川聡さんで……」

「すみません、九条都子です。私もお邪魔させてください」

「ルイの兄で、今日のサポートをさせてもらったレン・マルタンです」

背後から都子とレンが挨拶をした。いつの間にかふたりも近寄っていたようだ。

グルメ記者の鰐淵と篠田を、ハウスダイナーの社長と所属シェフ一派が取り囲む形となった。

「これはどうも、記者の鰐淵です。今日はパーティーの取材をさせてくださりありがとうございます。素晴らしい料理ばかりで堪能《たんのう》してました」

「篠田です。本当にどれも美味しくて、楽しませてもらってます。ふたりで言ってたんですよ。いい記事になりそうだねって」

記者たちは各自に名刺を配りながら、上目遣いで一同を見回している。

「料理を採点していたのも記事のためですか？」

冷淡な態度でルイが切り込んだ。

一瞬にしてその場に緊張感が漂う。

「……気づかれてしまいましたか。実は、和食とフレンチの家庭料理が並ぶ面白い試みだったので、僕と篠田がそれぞれの料理を採点して、どちらに軍配が上がるのか記事にしたら読者によろこんでもらえるんじゃないかと思ったんです」

「もちろん、ハウスダイナーさんのＰＲになるように配慮《はいりょ》します。単純に料理を紹介するよりも、企画性があったほうが読み物として楽しいはずなんですよ。雑誌と連動する公式サイトにも同じ記事を掲載する予定でして、そこにもハウスダイナーさんのＵＲＬを貼らせてもらいます」

「篠田の言う通りです。記事を読んだ人がハウスダイナーに興味を持ち、利用者が増えるように協力します。ご承諾《しょうだく》いただけませんか？　そうそう、シェフのおふた方の写真掲載もお願いしたいのですが」

後出しジャンケンなのに、強引に正当化している。マスコミでPRすることのメリットを強調して、無理やり頷かせるつもりなのだろう。

「あの、企画を考えてくださるのはありがたいのですが、まずはシェフたちがどう思うのか確かめないと即決はでき兼ねます」

さすが、やり手社長の芽衣。何を一番大事にすべきか理解している。

「都子、ルイ、どう思う？」

芽衣の問いかけに、都子は背筋を伸ばして息を吸った。

「ひと言申し上げます。今回の料理は……」

そのとき、ルイが都子の前に立ちはだかった。

「先に言わせてください。はっきり言ってボクは不愉快《ふゆかい》です。今日の料理は採点してもらうために作ったんじゃない。ハウスダイナーの三周年を祝う場で、関係者の皆さんに楽しんでもらうために作ったんです。個人的にジャッジされるだけならまだしも、記事にされるなんて冗談じゃない。そもそも、料理人が魂《たましい》を込めて作り上げたものを、自分では作りもしない人が勝手に採点する行為自体が不愉快です」

まだ十九歳、しかもフランス育ちのルイは、配慮などせずはっきりと言い放った。

鰐淵は冷静に聞いていたが、篠田は眉間《みけん》に深く皺《しわ》を寄せている。

「私も大まかなところは同感です。これはゲストさんのために用意した料理なので。ただ、料理人が対決して勝敗を決める番組や記事は、エンタメとしてありだと思いますよ。私自身もそういったエンタメは楽しむほうですしね。今回はそのような企画だと事前に知らされていませんので、申し訳ないのですが了承はできません」

聡が危惧《きぐ》した通り、都子も否定的な反応をした。

「鰐淵さん、篠田さん、そういうわけですので、今回は採点記事にはしないでもらえますでしょうか」

「そうですか」篠田がメガネの奥から芽衣を睨《にら》む。

「好意的な記事を書こうとしてたのに残念です。こちらも単純な紹介記事を掲載するつもりはありません。今回はご縁がなかった、ということでよろしいでしょうか？」

篠田の横で鰐淵が頷いている。

どうやら決定権を握っているのは、鰐淵ではなく篠田のようだった。

だが、「話が違いませんか？」と芽衣は食い下がった。

「料理を採点するなんて聞いてませんよ。当初の予定通りに掲載をお願いします」

堂々と言い切った芽衣に、篠田が「決めるのは編集部です」と言い返す。

「うちにはいろんな取材依頼が来るんですよ。その中から読者に訴求《そきゅう》しそうな案件を選ぶんです。今回のパーティー料理リポートはわたしの担当なので、この場で決めようかと思います。料理対決の切り口が無理なら、掲載はお断りさせてもらいます」

どことなく意固地になっているように感じる。ルイの歯に衣着せぬ言い方が、篠田の腹に据えかねたのかもしれない。

「そんな、今さら困ります。もう一度考えてもらえませんか？」

「でしたら、こちらの企画を承諾してください」

押し問答をする芽衣と篠田を前に、一同は動けないままでいる。

膠着《こうちゃく》状態になってしまった。雑誌掲載はハウスダイナーのPRのためにも取り消さないでほしい。だけど、都子とルイの意にそぐわない企画を推し進めるのは無理だろう。

誰かがどうにかしなければ……。

「あの、ひと言いいですか？」

聡は思い切って意見することにした。

「都子さんとルイさんは、事前告知されていないのに採点されるのはどうかと言ってます。それはそうだなと僕も思います。では、告知した上で料理を作ってもらうのはどうでしょうか。ゲストのためではなく、記者さんたちに判定してもらうための料理を、この場で作ってもらうんです」

「実は、ワタシも同じように考えてました。ルイ、それならいいだろう？　同じ素材を用意してもらって、和食とフレンチで対決する。パーティーの余興としても面白いんじゃないか？」

レンが助太刀《すけだち》に入ってくれた。兄に言われて、ルイが考え込んでいる。

都子も黙って思案しているようだ。

「なるほど、それはいいですね。即興《そっきょう》で作る料理バトル。面白い記事になりそうだ。篠田さんはどうかな？」

鰐淵の言葉に、篠田も「悪くないですね」と同意したのだが、「だけど」と困った顔で芽衣が口を挟む。

「この別荘には食材がほとんど備蓄《びちく》されてないの。近くのスーパーは定休日だし、都子たちは今日の料理で使い切ったはずだよね？」

はい、と都子とルイが同時に頷く。

「じゃあ、お手上げだ。わたしと夫はここに数日泊まる予定なんだけど、明日にならないと業者が食材を届けてくれないんだ。あるのは朝食用の卵ワンパックと牛乳、それと……ジャガイモは今朝届いたメークインがあるな。それから、バター、オリーブオイル、醬油とか味噌とか小麦粉とか、基本的な調味料。顆粒《かりゅう》の和出汁は切らしてて……あとは、缶詰くらいしかないと思う」

「缶詰。なんの缶詰があるんですか？」

いきなりルイが、芽衣に向かって身を乗り出した。

「イワシのオイル漬け。夫が好きでね、それだけはいくつか常備してある」

「ふーん。オイルサーディンか。バターはどこのメーカーですか？」

「うちはいつもエシレを使ってる」

芽衣はフランスの高級メーカーの名を口にした。さすがのセレクトだ。きっと卵も牛乳も質の良いものを揃えているのだろう。

「エシレ。なるほどね……」

少し考えてから、再びルイが口を開いた。

「いいでしょう。ボクは今の材料と手持ちの調味料だけで、飛び切り美味しいフレンチを作る自信があります。都子さんさえよければ、その企画に乗ってもいいですよ」

挑戦的な目をしたルイが、都子を見つめている。

「卵、牛乳、ジャガイモ、イワシのオイル漬け。それだけで、うちに和食を作れと言うたはるん？」

いきなり京都弁になった都子も、ルイを直視した。

「だってしょうがないでしょう。ほかに食材がないんだから」

「ルイくんはバターを使うつもりやんな?」

「ええ。バターはフレンチの基本ですからね」

「和食の基本は出汁なんやで。あんたの嫌いな鰹節と昆布の出汁。それがないんやったら、うちはこの企画に乗れへんわ」

都子も好戦的に言う。どうやらルイの暴言が耳に入っていたようだ。

「なんだ、あなたにも聞こえてたんですね。そう、ボクは和食が苦手だ。出汁の香りがどうしても好きになれない。だけど、都子さんの和食はレベルが高いと思ってますよ。そうでなければ、ハウスダイナーのトップシェフになれるわけがない。そのポジション、いつかボクがいただきますけどね」

「いい心がけやね。フレンチ一本でトップになれるほど、甘くはないと思うけど」

「ボクはフレンチ以外も作れますよ。和食だって母に仕込まれてます。自分の好みは関係ない。料理は相手が満足するかしないかじゃないですか? たとえばボクの知り合いに、アルコールが苦手なバーテンダーだっていますよ。ねえ、レン?」

「ああ。彼の作るギムレットは最高だ」

レンが弟に片目をつむってみせる。

「それは別にいいんやけど、とにかく出汁がないんやったら和食は無理やで。それとも、同じフレンチで勝負する？」

シェフ同士の視線が絡み合う。

火花が見えそうなほど、それぞれの視線が熱さを帯びている。

「いや、和食とフレンチの対決じゃないと、記事の面白味が半減する。どうにかならないかな……」

篠田が腕を組んだとき、「ある！」と芽衣が小さく叫んだ。

「鰹節と昆布の出汁セット。水産会社からもらったサンプルが、庭の倉庫にあるはずなんだ。思い出したよ。あれなら上質の出汁が取れるはずだ。それでもよければ、都子にぜひお願いしたい。ハウスダイナーの記事が『極上皿』に載れば、集客に繋がるはずなんだ」

芽衣の頼みを、都子が無下《むげ》にできるとは思えなかった。

「……じゃあ、こうしません？」

何かを思いついたのか、都子はいたずらっ子のように瞳を光らせている。

「倉庫のある庭も含めて、この別荘にあるものはなんでも使《つこ》てええことにする。主な食材は、卵、牛乳、ジャガイモ、イワシのオイル漬け。調味料や道具はキッチンにあるものや、お互いが持参しているもので賄《まかな》う。調理時間は一時間くらいにして……夜七時まで。ルイくん、そのルールでええかな?」

「ウィ。ボクは構いませんよ」

ルイが承諾すると、「それから、もうひとつ」と都子が右の人差し指を立てた。

「勝ったほうは負けたほうに、ひとつだけ命令できるようにする。到底無理なことや相手を辱《はずかし》めるようなことやのうて、誰でもできる簡単なこと。たとえば、缶コーヒーをおごるとか」

――負けたら缶コーヒーおごって。

学生の頃、都子はよくそう言っておどけていた。聡も湊も、幾度となく缶コーヒーをおごらされたものだ。

「は? なんですかソレ。子どものお遊び?」

「うん、遊びや。うち、ご褒美《ほうび》があると燃えんねん。そのくらいええやろ? 負けて命令されるんが嫌やったら別にええけど」

「ふーん、都子さんって人を煽《あお》るのが好きなんだ。悪趣味だな」

「煽るのが好きなんやない。自分の楽しみや幸せは、自分で決めたいだけや」

笑顔のまま都子が言い返す。

「……まあ、いいですよ。ボク、負けないから」

どこか相手を小ばかにしたような言い方をする。やはりいけ好かない少年だ。

「ほな、そのルールでやろう。篠田さん、鰐淵さん、よろしいですか?」

「もちろんです」と篠田が声を張り上げ、「お願いします」と鰐淵も頭を下げた。

「皆さん、ありがとうございます」

不安そうに都子たちを見ていた芽衣も、頰を上気させている。

何事かと周りに集まっていたゲストたちから、「料理バトルだ!」と歓声が沸く。

「面白くなってきた。調理中の写真も撮らせてもらっていいですか?」

よろこび勇んだ鰐淵に、「キッチンには入らないで。あとで撮影タイムを設けさせますから」とレンが応対している。仕切りが上手そうな青年だ。

かくして、都子VSルイによる料理対決の幕が切って落とされた。

◈

「都子さん、芽衣さんと庭の倉庫に行ってきます。出汁セットを取り出すのに男手が必要みたいだから」

コックコート姿で缶詰を手にした都子に告げると、彼女は聡にささやいた。

「ついでに、庭から集めてきてほしいものがあるの。芽衣さんに断ってからだけど」

何を集めてくればいいのか聞いて、「なるほど」と唸《うな》ってしまった。

さすが、瞬発的《しゅんぱつてき》な発想がすごいな。

感心しきりで空のリュックを背負い、芽衣と共に玄関を出て、まずは庭の一角にあるガレージ風の倉庫を目指す。

乾いた草木の香りと風の冷たさが、深まる秋の気配を運んでくる。

途中で芽衣に都子の頼み事を言うと、彼女は快《こころよ》く承諾してくれた。

「その前に倉庫なんだけど、かなりごちゃっとしてるんだ。今日のために不要なものを片づけて、ここにも詰め込んじゃったから。出汁セットは棚の上のほうにあるはず。聡くん、悪いけど脚立《きゃたつ》を使って見てくれるかな？」

「了解です。雑用は任せてください」

広々とした倉庫内は天井も高く、いくつもある棚の上部は脚立がないと手が届かない。

「……あ、それだ。その段ボール箱の中にあると思う」

芽衣に言われて、有名水産会社のロゴが入った箱を持ち上げた。

そのまま芽衣が支える脚立を、慎重に下りていく。

――ふいに、バサッと音がした。

目当ての箱の横にあった別の段ボール箱が、床に落下したのだ。

「芽衣さん、すみません！」

落ちた箱から、いくつものアルバムや写真立てがこぼれ出ている。数枚のプリント写真も散らばっていた。

「こっちこそごめん。それ、夫が仕舞い込んだんだ」

あわてて拾い集めようとした芽衣を、「待ってください！」と制した。

一枚のプリント写真に目が奪われた。

抱えていた箱をその場に置いて、素早く手を伸ばす。

色あせた写真。今よりも若い芽衣と夫の太蔵に挟まれて、ひとりの男性が微笑んでいる。高校の制服を着ているが、凛々《りり》しい眉も目の横の皺も、大学の頃と同じだ。

「……湊さん。これ、丹波《たんば》湊さんだ」

ここ最近、何度も思い返していた湊。都子に電話だけで別れを告げた元彼で、聡にとってはメンターのような存在だった人。まさか、ここで彼の顔を見ることになるなんて、想像だにしていなかった。

「湊さんは大学時代の先輩で、僕も都子さんも同じサークルの仲間だったんです。

なんで湊さんの写真がここに？　芽衣さんたちの知り合いだったんですか？」

前のめりで尋ねると、芽衣は湊が映った写真を奪い取った。見られてはいけないものを、不覚にも見られてしまったようなリアクションだ。

「お願い、都子には絶対に言わないで」

切羽詰まった声、必死の形相。明らかに尋常ではない。

「何をです？」

「この写真をここで見たこと。約束してくれる？　してくれるなら事情を話す」

意味がわからなすぎてどう答えるべきか逡巡したが、事情とやらは聞いておきたかった。

「都子さんは湊さんと一切連絡が取れなくなってるらしいんです。僕もどうしてるのか気になってました。だけど、納得できる理由があるなら都子さんには黙ってます。何か知ってるなら話してください」

「……ちょっと待ってて」

芽衣は倉庫の扉を閉めに行き、薄暗い電灯の下で再び聡と向き合った。

「あのね、都子にはずっと黙ってたんだけど……、湊くんは義理の従弟《いとこ》なの」

「義理の従弟？」

「うちの夫の従弟。太蔵の母親の弟が、湊くんの父親なんだ」

——意外な告白だった。意外すぎて、頭が混乱しそうになる。

「それならなんで、都子さんに隠してるんですか？　都子さんと湊さんは大学の頃から……」

「知ってる。ふたりが付き合ってたことも、別れたことも」

またもや衝撃《しょうげき》が走った。

関係性も知っていたのに、都子にはずっと言わなかった。一体なぜだ？

「えっと、何から話せばいいのかな……。二年以上前、ハウスダイナーが軌道に乗ってきて、専属シェフを増やそうとしてた頃なんだけど……」

「——ねえ、出汁のセットまだかな？」

突如、倉庫の入口が開いて都子が顔を覗かせた。

心臓が飛び出しそうになる。

芽衣が急いで写真をポケットに隠す。

「ごめん、見つけたんだけど、ほかの荷物を落としちゃって。聡くん、わたしはここを片すから、あとはお願い」

聡にアイコンタクトを送ってから、芽衣は床に散らばった物を拾い始めた。

仕方がない、今は料理対決のために動かなければ。

「この箱の中にあるはず……あった、これです」

段ボール箱の中から袋詰めの出汁セットを出し、都子に手渡す。

「ありがと。出汁がないと次の工程に移れなくてさ。急がせてごめんね。……わ、枕崎《まくらざき》の本枯《ほんが》れ節《ぶし》と天然利尻昆布《りしりこんぶ》のセットだ。私もよく使う組み合わせ。これなら最高の一番出汁と二番出汁が取れるよ」

出汁セットを抱えてはしゃぐ都子に、「よかった。早くキッチンに戻ったほうがいいよ」と、芽衣が床に屈んだまま言った。

「そうしまーす。聡、あっちもお願いね」

「了解です。庭でもうひと仕事してきます」

「うん、昼間見たときは庭に全部あったんだ。いろいろ頼んでごめん。芽衣さんもありがとう」

何も知らないまま、都子はその場から立ち去った。

ふーっ、と聡は芽衣と共に息を吐いた。

「とりあえず、僕は僕の役目を果たしてきます。芽衣さん、終わったらさっきの続きを聞かせてください」

「わかった、時間制限があるから急がないとね」

その通りだった。一刻も早く都子に頼まれたものを届けて、サポートをしなければならない。

聡は激しく後ろ髪を引かれながら、倉庫から飛び出した。

❖

タイムアップが迫る中、キッチンは白い湯気と刺激的な調理音に包まれ、むせ返るほどの熱気が立ち込めていた。

ふたりのシェフは、それぞれ四人分の料理を用意することになっている。ふたつは審査する鰐淵と篠田の分。残りは撮影用にしたり、試食したい人にひと口ずつ食べてもらう分だ。

「都子さん、こっちは蒸しあがりました！」

「オッケー、素揚げを飾るからここに運んでくれる？」

「はい！」

いつものごとく、都子はスマートフォンで二〇〇〇年代のJ－POPを低ボリュームで流し、リズムを取りながら軽快に腕を動かしている。

一方、少し離れた場所にあるもうひとつのレンジ台では、ルイがレンにサポートされながら、仕上げに勤《いそ》しんでいた。同じ黒いコックコート姿のマルタン兄弟がそこにいるだけで、高級フレンチレストランの厨房に見えてくる。

「ルイ、ハンドブレンダーを使うぞ」

「ノン、触らないで！　それはボクがやる。レンは皿を温めておいて」

「……わかった」

兄に強い口調で指示を出すルイは、都子とは対照的に険しい表情をしていた。

換気扇をフル稼働させているのに、濃厚なバターの香りが押し寄せ、出汁の上品な香りが薄れていくような気がする。

——香りだけで向こうに負けそう、だなんて絶対に思わないからな。

聡は勝負の緊迫感で弱気になりそうな自分を、精一杯鼓舞《こぶ》した。

時刻はすでに、夜七時を回ろうとしている。

「……これでよし。聡、リビングに運ぼっか」

「僕がやります。こっちの器は出さなくていいんですよね？」

なぜか都子は、一種類だけ違う料理を作り上げていた。器は全部同じだが、中身がひとつだけ違うのである。

「うん、それは置いといて。あとで使うかもしれないから」

「了解です」

よくわからないままだけど、彼女の言う通りに動くのがサポーターの務めだ。きっと何か秘策があるのだろう。

「こっちも急がないと。ルイ、そろそろ時間だぞ」

「わかってるよ！　もう仕上がるから心配しないで」

制限時間ぎりぎりになって、ルイの料理も完成した。

「おふたりとも、急なお願いに応えてくださり恐縮です。それでは、僕が進行をさせてもらいますね」

鰐淵が審査の口火を切った。

リビングにセットされた審査員用の丸テーブルに、フレンチの西洋皿と和食の器が並べられている。ビデオカメラを構えた社員が一部始終を記録しているので、番組収録に立ち会っているような錯覚《さっかく》すら感じる。

「まずは、ルイさんのフランス料理から、説明をお願いします」

取り囲むゲストたちが好奇の視線を注ぐ中、ルイがおもむろに語り出す。

「ジャガイモとイワシのテリーヌ、トリュフが香るミルクソースです」

ルイが審査員用に置いた西洋皿を手で示す。四角いテリーヌ状のものが盛られ、その中央に泡立てた白いソースがたっぷりと添えられている。

「まず、卵と小麦粉で作ったクレープ生地をテリーヌ型の容器に敷き、オリーブオイルでコンフィしたイワシと、ボイルしたジャガイモのスライスを、澄ましバターをかけながら何層にも重ねます。それをクレープ生地で包んでから蒸し上げ、カットしたのがこのテリーヌです。ソースは、温めたミルクに持参してあったトリュフオイルを加え、ハンドブレンダーでカプチーノ仕立てにしたもの。温かいうちにお召し上がりください」

言われてわかったのだが、黄色っぽいジャガイモと茶色いイワシが四層になったテリーヌの周囲を、ほどよく焼かれたクレープ生地がぐるりと覆っている。カプチーノ仕立てのソースで高級フレンチ感も醸し出した、とてつもなく手が込んだひと皿だ。

「これは素晴らしいな。デザート風にも見える美しいフランス料理ですね。それでは、審査させていただきます」

鰐淵と篠田が席に着き、ナイフとフォークを動かす。

「——美味しい。トリュフとバターの芳醇《ほうじゅん》な香りがたまらないです。ジャガイモがイワシの旨味をたっぷり吸い込んでて、そのままでも十分美味しいけど、軽やかなソースと合わさることでより深い味わいになるんですね。これはまさに、正統派フランス料理の流れを汲むひと皿です」

「篠田の言う通りだ。低温で煮るコンフィでイワシの缶詰臭を消して、ジャガイモはつぶさずにスライスすることでホクホク感を残したんですね。魚と根野菜の旨味とコクを、バターの風味とクレープ生地がうまくまとめている。ミルクとトリュフの相性も抜群です。いや、驚きました」

絶賛する篠田と鰐淵。ルイは特にコメントを意識している様子もなく、レンの横で腕を組み退屈そうに立っていた。そんなルイとは対照的に、ゲストたちは皆、食べたくてたまらなそうな顔で皿の上を凝視《ぎょうし》している。

もちろん聡も試食してみたいのだが、それ以上に先ほど倉庫で見た写真のことが気になってしまい、今ひとつ集中できずにいた。

早く全てが終わってほしい。芽衣と話せる時間を作りたい。

「では、採点に移りますね。僕も篠田も十点満点で採点します」

料理を味わった審査員たちは、手元にあるメモ用紙に得点を書き、ふたり同時にその数字をこちらに見せた。ギャラリーを意識した演出だ。

「わたしは、九点です。あれだけの材料でこの仕上がりは本当に素晴らしい。構成力が優れてます。全体的にもう少しだけ、塩味がプラスされたら完璧だなと思いました。たとえばクレープに塩を加えるとか。……なんて、これは釈迦《しゃか》に説法かもしれませんけど」

篠田に言われたルイは、あくまでも無表情を決め込んでいる。

「僕も九点です。素朴《そぼく》さと高級感のバランスがとてもいい。僕は塩味に関しても十分だと思いました。あえて難を言うのなら、外側を覆うクレープの一部が、剝《は》がれかけてるところがあったことかな。あとはパーフェクトな一品でした。というわけで、僕と篠田の合計は十八点ですね。ルイさん、ありがとうございました」

ルイの会釈で拍手が沸いたあと、鰐淵が都子を呼び出した。

「次は九条さんの和食です。何を作ってくださったんですか？」

都子の和食は蓋つきの用器に入っているので、中身は見えないままだった。

「私は、茶わん蒸しをご用意させてもらいました。まずは蓋を開けてください」

篠田と鰐淵が容器の蓋を開けると、和出汁に燻製香《くんせいこう》の混じった地味深い香りが立ち上がる。滑らかに蒸された出汁卵の中央には、美しい翡翠色《ひすいいろ》の粒がひとつ。その周囲に細切りにしたチップス状のものがあしらわれている。

「わあ、いい香り。見た目もユニークですね」と篠田が声を上げる。

「上に載ってるのは、銀杏《ぎんなん》とジャガイモの皮の燻製です。庭にあった銀杏の実と、素揚げしたジャガイモの皮を燻製にしました」

「燻製？　燻製チップを持参してたんですか？」

驚いたように鰐淵が尋ねる。

「いえ、庭にあるクルミの木の枝をチップにしたんです」

そう、聡が都子から頼まれていたのは、「庭から木の実とクルミの枝を集めてくる」ことだった。倉庫から出たあと、スマートフォンのライトで庭の木々の中を探し回り、どうにか目的のものを集めることができた。

ちなみに、木の実の硬い殻を割るのと、枝をナイフでチップ状にするのも、聡の大事な役目だった。

「なるほど、ここの庭にはイチョウとクルミの木があったんですね。燻製にするとは考えたなあ」

鰐淵はしきりに感心している。

「深鍋にホイルを敷いてチップを載せ、その上に高さのある網を置いて食材を載せます。蓋をして火をつけると、チップから出る煙の香りが食材に浸透して、香ばしく燻製されるんです。意外と簡単なんですよ」

にこやかに都子が説明すると、すぐさまルイが文句をつけた。

「庭の銀杏とクルミの枝か。でも、それはちょっとズルくないですか？　指定した食材に銀杏は入ってませんよ」

「そうかな？　最初に言うたよね。庭も含め、別荘にあるものはなんでも使てええって。そのルールに抵触《ていしょく》なんてしてへんはずやけど？」

また京都弁になった都子は、涼しい顔をしている。

彼女が定めたルールは、庭にある自然の食材を、調理に使うためのものだったのだ。

「確かに、ルールは外してないですね」とレンが認めた。

「おい、レンはボクの味方だろう？」

「もちろんだ。でも、ルイだって持っていたトリュフオイルをふんだんに使った。お互いに使えなかったものが入ってるんだから、ラフに考えていいんじゃないかな」

レンが穏やかに弟を諌《いさ》め、ルイは悔しそうに黙り込む。その様子を見届けてから、再び都子が口を開く。

「では、料理の説明を続けますね。卵と一番出汁で作った茶わん蒸しの中にも、缶詰のオイルを切ってからグリルで焼き、クルミのチップで燻製にしたイワシが忍ばせてあります。器の底には、牛乳と二番出汁を使った和風マッシュポテトが入ってますので、スプーンで全体をすくっておあがりください」

すごいアイデアだな、こっちも美味しそう、などとゲストたちの声がする。

「それでは、いただいてみます」篠田がスプーンを手にする。

「――ああ、ホッとする美味しさ。濃い出汁と燻製香が茶わん蒸しのレベルを上げてますね。イワシは燻製にしたことで、缶詰ではなく生イワシのような風味に変化しています。マッシュポテトと卵との相性は最高だし、素揚げしたジャガイモの皮がいいアクセントになってます。各素材の調理法はバラバラなのに上品なお味で、見事な統一感が生まれています。鰐淵さんはどうですか？」

「僕は、食感の違いにも感動しました。捨てずに使ったジャガイモの皮の素揚げはカリカリとして、噛むごとに旨味が染み出る。出汁の利いた卵はどこまでも滑らかで、銀杏とイワシは食べ応えがあって、マッシュポテトはクリーミーなのに存在感がある。異なる旨味と食感が口の中で遊ぶというか、食べてて楽しくなる茶わん蒸しですね」

「記者の方々からお褒めをいただき、光栄でございます」

丁寧に礼を述べる都子は、まだ青臭いルイより遥かにエレガントだった。

それからほどなく、都子の点数が発表された。

「わたしは、食材を余すことなく使い切り、自然素材で燻製をするという、意識の高さと発想力に感服しました。なので、十点をつけたいと思います」

「僕も篠田と同じく十点です。ルイさんのテリーヌも素晴らしかった。だけど、より新鮮な驚きを与えてくれた九条さんに、軍配《ぐんばい》を上げてしまいました。ということで、合計が二十点。ルイさんが十八点なので、和食の勝利とさせていただきます」

大きな喝采《かっさい》が起こり、都子の周りにゲストが集まる。芽衣もしきりに手を叩いている。

もちろん聡も、見事な勝利に惜しまぬ拍手を送った。

篠田と鰐淵はカメラを取り出してストロボを用意し、料理の撮影を始めた。

負けてしまったルイは、「メルド」と小声でつぶやき、早足でキッチンのほうへ向かう。むすくれた様子の弟を、兄のレンが追いかける。

聡はポケットからスマートフォンを取り出して、メルドの意味を素早く調べた。

……悔しさや怒りを表現するフランス語らしい。

ルイの精神状態が気になってしまったので、聡も兄弟のあとに続いた。


「なあルイ、子どもっぽい態度は改めろよ」

キッチンの入口で中を窺《うかが》うと、レンが静かな声音で弟を咎《とが》めていた。

「それと、和食を貶《けな》すのもダメだ。ルイは半年くらい前から、和出汁が苦手だと言い始めた。母さんが離婚して家を出た頃だ。きっと母さんに教わった出汁の味を、否定したくなったんだろ？　本当は和食だって好きだったはずなのに」

なるほど、ふたりの両親は離婚していたのか。だからルイは、都子から母親の出身地などについて尋ねられたとき、急に不機嫌になったのだろう。……かなり大人げないけど。

「……和食はもう、嫌いになった」

口を尖《とが》らすルイ。まさしく子どもの表情だ。

「気持ちはわかるよ。それほど寂しかったんだよな」

「うるさい、知ったような口を利かないでよ！」

「知ってるさ。ルイは大事な弟。黙ってたって心は通じてるんだから」

レンはルイに近づき、そっと肩を抱いた。やさしく守るように。

「……もう仕事は終わった。帰る」

兄の腕から逃れ、ルイはコックコートを脱ごうとしている。

「まだだ。写真撮影が残ってる。記者にワタシが約束したんだ。リビングに戻ろう」

「やだよ。もう帰りたいんだってば。レンがなんとかしてよ」

駄々をこねる弟にレンが困り果てていると、聡の耳元で、「いけずや」とささやき声がした。

「都子さん？」

彼女は何も答えず中に入り、キッチン台に置いてあった器をトレイに載せた。一種類だけ作ってあった別の料理だ。トレイを持ったままルイのもとへ直行する。

「ひと言ええかな。負けたルイくんに、うちの命令を聞いてもらいたいんやけど」

　このタイミングは最悪だ。ルイが聞き入れるわけがないと、聡は密かに危ぶんだ。

「……今は遊びたい気分じゃない。そのくらいわかるでしょう」

　案の定、ルイはいかにも鬱陶《うっとう》しそうに、顔をしかめている。

「勝負したんだから二言はないはずやで。ほな、命令させてもらうわ」

　半ば強引に、都子が両手でトレイを突き出す。蓋つきの容器と匙《さじ》が載っている。

「ルイくん、うちの茶わん蒸しを食べてください」

　な、何を言い出すんだ？

　驚きで口を開けたまま、聡は都子のそばに歩み寄った。

　ルイとレンも、まさかの命令に言葉を失っている。

「これはな、ルイくんのために作っておいた茶わん蒸しなんや。出汁が苦手や言うてたから、最小限しか使ってない。きっとこれなら大丈夫なはず。ひと口でもええから食べてみて。それで、少しでも和食を好きになってくれたらうれしい。お願いします」

　腰を折った都子を、ルイは冷たく眺めている。

「ルイ、わざわざ作ってくれたんだ。それに、ルールを破るなんてオマエらしくないぞ」

レンが後押ししてくれたが、ルイは「ふん」と鼻で笑った。

「これ、自分が勝つ前提で用意したんですよね。都子さんが負けてたら、どうするつもりだったんですか？」

「誰かに食べてもろたと思う。マネージャーの聡とか。せやけど、勝つ自信は最初からあってん」

「はあ？　ボクだって自信はあった。あなたはたまたま勝っただけでしょう！」

「そうやない、と思うで」と、都子は諭《さと》すように言った。

「……あなたは、呆《あき》れるほどの自惚《うぬぼ》れ屋だな」

心外そうに不満そうに、ルイが睨んでいる。

「理由はある。説明するな」

都子はルイの視線を、しっかりと受け止めた。

「ルイくんは、キッチンで明らかにイラついてた。レンくんにキツく当たっとったし、きっと脳が疲労してたんやわ。ストレスが原因の脳疲労は、やる気や集中力を奪うから、勝負事の大敵。〝勝敗の八割は試合前に決まってる〟って説があるけど、あながち間違いやない気がするんよ。せやから、うちはリラックスして脳疲労を和らげるために、いつもこれを使うんや」

持っていたトレイをキッチン台に置き、コックコートのポケットからスマートフォンを取り出す。

都子が画面を操作すると、軽快な往年《おうねん》のJ－POPが流れてきた。

「好きな音楽を低ボリュームで聴きながら仕事をする。これが一番簡単なうちのリラックス方法。あとは、好きな人と楽しい会話をする。ゆっくり呼吸して副交感神経を活性化させる、とかな。とにかく、勝負の前は心を整える必要があるんやで」

好きな人と楽しい会話！　もしや、そこには僕も含まれるのか……？

内心で浮かれる聡には目もくれずに、都子は語り続けている。

「ルイくんは、脳疲労を解消せえへんままキッチンに立った。うちはある程度解消しながら調理したから、勝てると確信してたんや」

「なるほど、まるでアスリートの発想だ。今の話、ルイも参考になっただろう？」

レンの言葉には反応せず、ルイは腕を組んで考え込んでいる。

「あとな、取って置きのストレス解消法があんねん。美味しいものを食べる。これは間違いなく脳疲労を吹き飛ばすで。せやから」

都子はトレイの器に手を伸ばし、蓋を開けた。

プリンかと見まがうばかりの滑らかな茶わん蒸し。具材は栗の甘露煮《かんろに》だけ。

実はこの栗も、聡が別荘の庭から採集してきた木の実だ。イガや皮を剝くのに時間がかかったが、都子は圧力鍋であっという間に甘露煮を仕上げてしまった。

「庭の栗を甘露煮にして、甘く仕上げた茶わん蒸し。本当は鶏肉とか椎茸《しいたけ》とかも入れたいんやけど、材料がこれだけやったからね。その代わり、甘露煮がゴロゴロ入ってる」

どういうわけかルイは青い瞳を見開き、茶わん蒸しを凝視している。隣に立つレンも、同じく驚きの表情を浮かべている。

「な、ちょっと食べてみて。脳がよろこぶから」

もう一度都子が勧めると、ルイがいきなり動いた。

器と匙を取って、中身を頰張ったのだ。

嚙みしめるようにひと口。またひと口――。

そして彼は、長い睫毛《まつげ》で縁取られた青い目を伏せ、蚊の鳴くような小声でつぶやいた。

「……ママン」

まるで迷子になった子猫のごとく、頼りなげな声だった。

ママン。そのくらいのフランス語は、聡だって知っている。

「やった、食べてもらえた。目的が果たせてすっきりしたわ。ほな、向こうで記者さんたちが待ってはるから、先に戻るね」

ポニーテールを揺らして背を向けた都子を、ルイが「待って！」と呼び止めた。

「なぜです？　これはママンの茶わん蒸しだ。僕が大好きな味だって、なぜわかったんですか？」

振り向いた都子は、花びらがパッと開いたように微笑んだ。

「それはな、レンくんが情報をくれたからや」

「ワタシが？　いつ？」

意外そうにレンが瞬きをしている。

「ここで初めてレンくんと会《お》うたとき、お母様の出身地が北海道だって教えてくれたよね。北海道の茶わん蒸しといえば、栗の甘露煮が入った甘い味つけや。なあ、聡？」

「知らなかった。そうなんですね」

食の知識不足が露呈されてしまったが、今は都子の豊富な知識と洞察力を、密かに称《たた》えていたい。

「うん。北海道や東北の一部地域では、甘い栗の茶わん蒸しがポピュラーやねん。せやから、もしかしたらルイくんたちにお母様が作ってはった、食べ慣れてる味かもしれへんって考えたんや。ルイくん、和食が嫌いだって言い張るから、なんとしてでもうちの和食を食べさせたかってん。それだけのことやで」

ルイは器を手にしたまま、無言で立ち尽くしている。

「あ、みんなここにいたんだ」

ふいに、キッチンの入口に芽衣が現れた。

「記者さんが都子とレンの写真を撮りたいって。ふたりのピンショットとツーショット。悪いけど来てくれる?」

「はーい。うちが先に行くから、ルイくんもあとで来てな」

「ワタシが連れていきます」

ルイではなくレンが答えた。都子は「よろしく」とひと言残し、スマートフォンで音楽を鳴らしながら、軽い足取りで芽衣と共に出ていった。

彼女は気づいていたのだろうか?

離婚して家を出た母親を、ルイが恋しがっていたことを。

奇しくもそのママンの味で、頑《かたく》なだった少年の心を動かしてしまったことも。

——偶然でも故意でもいい。また都子さんが起こす花嵐《はなあらし》が見られてよかった。

きっとこのあとは、荒涼としていた大地に緑が芽吹くはずだ。

「ルイ、ダイニングに行こう」

レンの言葉に頷いたルイの表情からは、すっかり険しさが抜けている。

「ねえ、これ」

ルイは兄に茶わん蒸しの器を手渡し、小さくささやいた。

「……セボン」

するとレンも器の中身をひと口味わい、「ン、セボン」と微笑んだ。

セボン、の意味くらいも知っている。

日本人でもフランス人でも、誰もが速攻で元気になれる言葉だ。

——美味しい。

❖

シェフたちの撮影が終わり、暖炉で温まったリビングで各々が寛いでいる。

芽衣の横で社員がビデオカメラを回し、ゲストたちからひと言ずつ祝いのメッセージをもらっている。

「聡くんもひと言ちょうだい。なんでもいいから」

「えーっと、三周年おめでとうございます。ハウスダイナーでいただくお仕事は、本当に楽しいです。これからも九条都子共々、よろしくお願いします。……なんて、月並みな感じになっちゃってすみません」

「全然いいよ。今日はありがとうね」

「あ、芽衣さん」

聡は芽衣のそばに行き、そっと耳打ちをした。

「さっきの話なんですけど……」

「ごめん、もうすぐお見送りがあるんだ。待ってて」

「ですよね、すみません」

芽衣は今夜のホストだ。この場を離れるわけにはいかない。そんなことはわかってるはずなのに、早く真相が知りたくて焦《あせ》ってしまった。

都子はワイングラスを手に、ハウスダイナーの所属シェフたちと歓談している。その輪の中には、ルイとレンも交じっていた。

「聡さん」

こちらに気づいたレンが、にこやかに歩いてくる。

「お疲れ様です。何か飲みませんか？　ワイン、日本酒、焼酎、お好きな飲み物はなんです？」

「ありがたいけど、車なのでアルコールはちょっと」

「それは失礼。では、ノンアルコールの赤をお持ちします」

素早くバーコーナーへ行ったレンが、ふたつのグラスを手にしている。

「ワタシは芋焼酎が好きなんです。母に日本の酒も仕込まれました。記者の取材も無事に終わったし、裏方同士で乾杯しましょう」

軽くグラス同士を重ね、互いの飲み物を口にした。

喉の渇きを、濃厚な赤葡萄《あかぶどう》のエキスが瞬時に潤《うるお》していく。これが本物のワインだったらな、と少々残念になったけど、運転も仕事の一環なのだと己を戒《いまし》める。

「先ほどはありがとうございました。都子さんのお陰でルイの気持ちが和んだようです。あいつ、まだまだ子どもなんで、聡さんにも失礼な態度を取ってすみません」

律儀《りちぎ》に謝るレン。弟に比べると遥かに人間ができている。

「まあ、記者の取材もなんとか終えたし、結果オーライってことで」

「一時はどうなるかと思いましたよ。聡さんが即興の料理対決を提案してくれたから、なんとかなりましたね」

「レンくんも賛同してくれてよかったよ。ああいう機転が必要な場面って苦手なんだ」

「そうですか？　慣れてるみたいでしたけど。庭で木の枝や実を採集してきたのも、さすがだなって思いました」

「そういうレンくんこそ、仕切りが上手そうだった。調理のサポートも」

「ワタシはルイほどの才能がなかったので、早々とシェフの道は諦《あきら》めたんですよ」

口調は明るいけど、どことなく寂し気だ。天才肌の弟を持つレンにも、密かに抱えているものがあるのかもしれない。

「だけど、こういったパーティーで手伝うのは楽しいです。今夜は本当にやりがいがありました」

「わかるよ。僕も楽しかった。ルイくんとレンくんから学ぶことも多かったしね」

「こちらこそ。ご一緒できてよかったです」

レンと笑みを交わした直後、聡の視線は、入口からリビングに顔を出し、すぐに引っ込めた男性をとらえていた。――芽衣の夫、太蔵だ。

「話したい人がいた。ちょっと失礼するね」

一目散に廊下に出ると、太蔵は二階へ続く階段の前に立っていた。

「太蔵さん、帰ってたんですね」

「あ、ああ。思ったより早く戻れたよ。これ、取っておいてくれてありがとう」

太蔵は銀色のトレイを持っている。聡が皿に盛りラップをかけた、都子の料理を載せたトレイだ。

「いえ。温めましょうか?」

「二階でやるよ。簡単なキッチンがあるんだ。一階は人が多いから上で食べようと思って」

真っ暗な二階の踊り場を窺っている太蔵の言葉が、どうしてだか言い訳めいているように聞こえてしまった。

「あの、パーティーには参加されなくても大丈夫なんですか?」

余計なお世話だとは思いながらも、つい尋ねてしまう。

「今日はハウスダイナーのお得意さんの集まりだ。僕は単なる出資者のひとりだから、芽衣に任せるよ」

「そうですか。……実は、太蔵さんにお願いがあるんです」

思い切って本題に入った。

倉庫で見た写真。芽衣と太蔵のあいだで微笑む高校生の湊。芽衣の衝撃の告白。

――湊くんは太蔵の従弟なの。

つまりこの人は、妻の芽衣よりも、湊について詳しい情報を持っている可能性がある。

「お食事前に恐縮なんですけど、どうしても聞きたいことがあるんです」

「なんだい? そんな深刻な顔して」

まじまじと太蔵が聡を見つめる。

深刻な顔か。それだけ湊さんは自分にとって、切実に今の状況を知りたい相手なのだろう。

「丹波湊さんのことです。湊さんは太蔵さんの従弟なんですよね？」

ストレートに問いかけると、太蔵は息を大きく吸い込んだ。

「……なんで、聡くんがそれを？」

「倉庫に行ったとき、湊さんの写真を見たんです。湊さんは僕と都子さんのサークル仲間で、今は連絡がつかなくなってます。それを芽衣さんに言ったら、義理の従弟だって教えてくれました。でも、なぜかこの写真を見たことは都子に言わないでほしい、約束するなら事情を話すと言われたんです。話はまだ途中なんですけど、パーティーが終わるまで芽衣さんは忙しいので、可能だったら太蔵さんにも伺いたいと思いまして」

太蔵は身動きもせずに、耳を傾《かたむ》けている。

「なんで湊さんのこと、都子さんには内緒にしてるんですか？　今、湊さんはどこで何をしてるんです？　納得できる事情があるなら、都子さんには絶対に言いません。どうか教えてください」

一気にしゃべったので、また喉が渇いてしまった。

しばらく何かを思案していた太蔵は、観念したかのように言った。

「わかった。一本だけ仕事の電話をしてもいいかな？」

「もちろんです」

太蔵はトレイをキッチンに戻し、玄関のほうに向かったが、ほどなくスマートフォンをポケットに入れながら戻ってきた。

「芽衣の代わりに僕から事情を話すよ。こっちに来てくれ」

太蔵は廊下を進み、畳《たたみ》の日本間に聡を招き入れ、中から鍵をかけた。

「ここは誰も来ないから、ゆっくり話せる」

障子、掛け軸、桐ダンス。旅館のような雰囲気がある和室だ。

太蔵は押し入れから座布団をふたつ出し、ひとつを聡に勧め、もう片方に腰を下ろした。

「それで、芽衣はほかにも何か言ってたかい？」

「芽衣さんは、都子さんと湊さんが大学生の頃から付き合ってたことも、別れたことも知ってました。太蔵さんもご存じでした？」

「もちろん、芽衣より湊のことは把握してるよ」

それならば、この機会に疑問点は全て解消してしまいたい。

「都子さん、二年前の夏に湊さんがニューヨーク転勤になって別れたらしいんですけど、本当は今も悩んでるみたいなんです。彼にはほかにも別れたい理由があったんじゃないかって。だけど、湊さんは電話だけで別れを告げて連絡を断ってしまった。きっと都子さんの中では、湊さんとの時間が止まったままなんですよ。僕は、僕は……」

「うん、君はどうしたいんだい？」

やさし気な眼差し。この人にはなんでも言えるし、なんでも答えてくれる。

根拠はないけど、そんな予感がした。

「できることならもう一度、ふたりで逢《あ》って納得できるまで話してほしい。そうじゃないと、都子さんは湊さんをずっと引きずったまま、仕事だけに邁進《まいしん》する気がするんです。彼女はすごく一途《いちず》な人だから。……僕は、都子さんの止まった針を動かしたい。お節介だと思われるかもしれないけど、これが僕の本心です」

「そうか。できれば僕も、みんなに未来へ進んでほしいと思うよ」

遠くに視線を置き、太蔵は自分に言い聞かせるように言った。

「だったら、まずは教えてください。太蔵さんたちはどうして全部知ってるのに、湊さんが従弟だって都子さんに隠してるんですか？」

「……仕方がないんだよ。湊が自分のことは誰にも言わないでくれと、親族一同に約束させたんだから」

「湊さんが？　なぜ……？」

ほんの少しだけ間《ま》を空けて、欲しかった返事が返ってきた。

「二年前の夏、あいつは出張先で事件に巻き込まれた」

「……えっ？」

――事件？　事故じゃなくて、事件？

想定外の回答に、またも衝撃が走り抜ける。

太蔵は視線を合わせずに、従弟の身に何が起きたのか打ち明けた。

「ニューヨークの夜道で、酔っ払いたちに絡まれてる日本人女性がいたそうなんだ。その女性に助けを求められて仲裁に入ろうとしたら、酔った集団から暴行を受けてしまい、意識不明の重体で病院に運ばれた。身ぐるみ剝がされてね。逃げた犯人たちは未だに捕まっていないそうだ」

ニューヨークで集団暴行？　意識不明の重体？

聞き慣れないワードたちが、重りをつけて胸の底へと沈んでいく。

「身元がすぐにわからなかったため、あっちの警察は湊の両親、つまり僕の叔父夫婦への連絡が遅れてしまった。事件から三週間ほど経ってから、やっと叔父夫婦に知らせが入った。叔父たちがニューヨークに行くとき、僕も同行したんだ。湊とは実の兄弟同然の仲だったからね。僕らが見舞いに行くと、湊はすでに意識を取り戻して、会話もできるようになっていた。だけど……」

不吉な予感がする。その先を聞くのが恐ろしい。

「脊髄損傷《せきずいそんしょう》での麻痺《まひ》で、四肢の機能が失われてしまった。今も日本の施設でリハビリ中なんだ」

　――重すぎる事実だった。

　受け止めるまでに、数秒の時間がかかってしまった。

「……それは、回復するんですか？」

「脊髄は傷つくと基本的に自己再生ができないから、本来は四肢が動く可能性は限りなく低いらしい。だけど最近、両腕は奇跡的に動くようになってきたんだ。だから、足だって奇跡が起きないとも限らない。諦めずにリハビリは続けていくそうだ。車椅子にもだいぶ慣れてきたようだよ」

　いつも長い腕と脚で、颯爽《さっそう》と歩いていた湊。今は車椅子でリハビリ中だなんて、どうしたって想像できない。できるわけがない。

「都子さんにはなぜ、事件のことを伝えなかったんですか？」

「叔父たちは都子さんを知ってたから、どうしようか湊に確認した。だけど湊が言ったんだ。『彼女が事実を知ったら、シェフになって独立するという夢を捨ててでも、自分に尽くそうとするかもしれない。迷惑をかけて足を引っ張りたくない』と。……あの頃の湊は治療の真っ最中で、アメリカの警察ともやり取りする必要があって、叔父たちも駆けずり回ってたんだよ。そこに都子さんを巻き込むのは、僕もどうかと思ってた」

想像を絶する湊の過去。胸の重みがますます大きくなっていく。

「それで湊は、都子さんと距離を置くことにした。入院先から彼女に電話を入れて、ニューヨークに転勤すると嘘をついたんだ」

――急に電話で振られちゃったんだ。

都子の言葉を思い起こす。

「……実はね、手が動かなかった湊のために、スマホを操作して口元に当てたのは僕なんだ。真実を伝えなかったのは、彼女を心配させないためだったんだよ」

だから電話だったんだ。電話じゃないと駄目だったんだ。

直《じか》に逢うことができなかったから。

「そんな……。そんな悲しい嘘をつくなんて……」

だけど、都子さんの気持ちはどうなるのだ?

湊さんは本当に、嘘をついてよかったのか?

――自分の楽しみや幸せは、自分で決めたいだけや。

都子さんはそうルイくんに言っていた。なのに、彼女の幸せを湊さんが決めてしまっていいのか、疑問に感じてしまう。

もし、自分が湊さんの立場だったらどうしたか考えてみる。両手と両足が動かなくなり、介護が必要になった自分は、恋人に真実を告げられるだろうか。

……正直なところわからない。全てを明かして相手に判断を委《ゆだ》ねてしまえたら、きっと楽だろう。だけど、本当に好きな相手だったら。その相手が夢に向かって進んでいたとしたら……。嘘をついてでも遠ざけたかもしれない。大事な人には自由に気兼ねなく夢を追ってほしいと、願ってしまったかもしれない……。

そもそも、自分が湊さんの決断に疑問を呈《てい》する資格なんて、あるわけがないのだ。今はたまたま湊さんの現状を知っただけであって、能動的に調べたのではない。この別荘に来なければ、一生知らなかったかもしれない。

理不尽な被害に遭った湊さんの苦悩、家族の苦労が如何《いか》ほどだったのか、考えようとしても無駄だ。部外者のくせに理解しようとすること自体、すでにおこがましいのだから。

膝の上で握っていた両手の爪が、気づけば跡がつくほど手の平に食い込んでいた。

何も言えなくなっていた聡を、太蔵が憂えた目で見ている。

「……あの頃は丁度、芽衣がハウスダイナーの専属シェフを増やそうとしていてね。湊はひとつだけ我儘《わがまま》を聞いてほしいと芽衣に言ったんだ。それが、都子さんのヘッドハンティングだった。もちろん、芽衣から見て不合格だったらそれでいいけど、合格だったらスターシェフに育ててほしい。才能のある子だからと。……結果は見ての通りだ。会社に出資した僕から見ても、都子さんは得難《えがた》い人材だよ」

いつも朗らかに都子と接していた芽衣。婚活パーティーのときは、都子に本気で婚活を勧めたいような口ぶりだった。おそらく、芽衣は彼女なりに都子の幸せを祈っているのだろう。——真実を隠しながら。

「あと、前から思ってたんだけど」太蔵が柔和な声を出す。

「湊は都子さんを本気で想っていたんだろうね。一緒にはいられないと自分で決めたけど、何かで繋がっていたかったんじゃないかな。それで親類の芽衣にヘッドハンティングを頼んだ。都子さんのハウスダイナーでの活躍を、誰よりも応援してるのは湊かもしれないな」


ずっと繋がっている。遠くで見守っている。

たとえ、もう二度と、逢えなくても——。


「そう……かもしれませんね」

聡は精一杯、声を絞り出した。

「これが芽衣の言う事情だ。都子さんには黙っていてほしい。湊はまだニューヨークにいて、プライベートな時間などなく飛び回ってる。都子さんにはそう信じていてほしいんだ。湊のために」

視線を落とした太蔵の声は、酷《ひど》く苦しそうだった。

「……いろいろと話してくださりありがとうございます。食事前なのに失礼しました。湊さんの話は誰にもしません」

できるわけがない。都子を悲しませてしまうだけだ。

「だけど、僕は湊さんと会いたいです。都子さんのことはさておき、ふたりだけで話してみたい。もし、湊さんが僕とだけでも会う気になってくれたなら、どこの施設にでも飛んでいきます。そのときは連絡してほしいって、伝えてもらえませんか？」

真摯《しんし》に頼むと、太蔵はやっと笑顔になった。

「わかった、次に会うとき必ず伝えるよ。ここで聡くんに事情を明かしたことは、芽衣にも伝えておく」

「はい。本当に失礼しました」

聡は太蔵と共に和室から廊下に出て、渇いた喉を潤すべくキッチンへ向かった。

改めて料理のトレイを持った太蔵は、二階に続く階段を静かに上がっていった。

パソコン画面で一階のパーティーの様子を眺めていると、扉が三回ノックされた。

窓際のデスクから電動式の車椅子を動かし、扉まで行って中から鍵を開ける。

「遅くなってすまん。取り置きしてもらったパーティーの料理、冷菜以外はレンジで温めてきた」

「申し訳ない。太蔵兄さんには迷惑かけちゃって」

丹波湊は、太蔵からトレイを受け取り、食事用のテーブルに運んでいった。

途中で大きな姿見の前を通ったら、昔とさほど変わらない顔の自分がいた。動かない膝の上に毛布をかけ、座ったまま動く姿には未だに馴染めないけど。

でも、車椅子の使い方にはもう慣れた。気の遠くなるようなリハビリの結果、両手がある程度は動くようになったので、この部屋のようにバリアフリーの場所なら、難なく移動できる。

ようやく誰かの手を借りずとも、日常生活くらいは送れるようになった。

「懐かしいな。昔おばんざい研究サークルで作った創作料理もある。都子の料理、食べるの久しぶりだ」

京野菜をふんだんに使い、丁寧に出汁を取って美しく仕上げる、都子のおばんざい風の和食。もう二年以上ぶりだ。彼女の前から姿を消してからも、ずっと忘れられずにいた。あまりにも懐かしくて、すぐに手をつけるのがもったいない。

「はー、ひと息つきたい。ビールもらうよ。お前はウーロン茶だな」

部屋に備え付けられている冷蔵庫から、太蔵は缶ビールとウーロン茶のペットボトルを出し、グラスに注いで持ってきてくれた。

その場でビールを一気に飲み干した太蔵が、小声でつぶやく。

「都子さんと聡くん、まさか湊が二階にいるとは思いもしないだろうな」

二階の部屋の窓には、全てシャッターが下りているので、灯りは外に漏れていないはずだった。

「本当は僕が都子たちを呼んだことも、気づいていないはずだよね」

「そりゃそうだ。気づけるわけがない」

太蔵は缶ビールのお代わりをグラスに注いでいる。

三周年パーティーの会場を別荘にしてもらいたい。可能なら都子をシェフとして指名してほしい。そう芽衣に頼んだのは湊だった。

一年ほど前から、湊はこの別荘で静養している。芽衣が自分の母親の静養先だったここの二階を、手足のリハビリ用に整えてくれたのだ。今は個人的にリハビリ専門師を呼んで、介護資格を持つハウスキーパーにも通ってもらい、奇跡が起きることを祈りながら治療を続けている。

「今日は、芽衣さんと太蔵兄さんのお陰でうれしかったよ。感謝してもし切れないな」

「……いや、俺たちにはこんなことくらいしかできないから」

「十分よくしてもらってるよ」

できることなら、もう一度都子の料理を食べてみたい。本人の顔も声も気配も、近くで感じてみたい。——そんな我儘を、芽衣は太蔵の協力で全て叶えてくれた。

一階で回しているビデオカメラの映像は、湊のパソコンにもリアルタイムで届く。都子の変わらない笑顔も、マネージャーになった聡の様子も、存分に見ることができた。

都子とルイの料理対決が始まったときは、興奮で声を上げそうになった。二階ではなくエレベーターで一階に下りて、間近で見たい気持ちを抑えるのに必死だった。

我ながら情けないと思うけど、身体の自由が利かなくなってから、大学時代を思い出すことが多くなった。あの頃に戻れたらと、儚《はかな》い想いに囚《とら》われる夜もある。

だから、ほんの束の間でいい。相手には認知されなくていいから、都子たちのそばにいたかったのだ。

太蔵から、「湊が従弟だと聡くんにだけバレてしまった。納得できる事情なら都子さんには話さないと言ってる。どこまで話そうか。それとも誤魔化すか？」と電話があったときは驚いたけど、別荘に都子たちが来れば、そういったリスクもあると覚悟していた。なので、「二階にいること以外は全部打ち明けていいよ」と答えておいた。

下手に誤魔化しても、それが都子に伝わると全てが明らかにされてしまうかもしれなかった。なにしろ、彼女の頭脳は名探偵並みなのだから。

その代わり、自分の話を聡にするときは、通話状態のままにしておいてもらった。申し訳ないけど、聡が何を言うのか、直に把握しておきたかったのだ。

「聡くんとの会話、聞いてただろ。お前と会ってふたりで話したい、どこの施設でも飛んでいくって言ってたぞ。ありがたい仲間だな」

「うん。聡の声を聞くのも久しぶりだった。あいつもずっと変わらないな。真面目で素直で、都子を大事にしてくれる。聡がサポートしてくれるなら僕も安心だ。だからいつか……」

――三人でまた、笑い会える日が来るといいな。

「……いや、なんでもない。都子の料理、いただくね」

「ああ。冷めないうちに食べてくれ。パソコンの練習はほどほどにしてな」

湊は現在、パソコンのキーボード入力の練習も欠かさずにしている。まだ細かい指使いは無理だけど、音声入力と併用すればWordやExcelもどうにか使えるし、ネット記事やYouTubeなどは普通に見られる。

もう少し進歩したら、芽衣に頼んでハウスダイナーの仕事を手伝わせてもらうつもりだ。もちろん、パソコンでの簡単な仕事しかできないだろうけど。

いつかの未来に、ふたりで店をやろう。

都子との約束は果たせなかったけど、間接的にでも彼女を応援していたい。

「では、いただきます」

フォークを握る手をゆっくりと動かして、用意してあった陶器の皿に料理を取り分けていく。

この陶器の皿は、都子と聡と一緒に陶芸《とうげい》体験で作ったもの。これに載せるのは都子の料理だけと決めてあったので、もう二度と使う機会などないと思っていた。それなのに、こんな幸運なことが起きるなんて、感動もひとしおだ。

真っ先に盛ったのは、近江牛と生麩と九条ねぎの炊いたん・生八つ橋包み。おばんざい研究サークルで考案した思い出のレシピだ。

たどたどしくフォークを使うのがもどかしくなり、手摑みで思い切り頰張った。

甘さやニッキなどの香料もごく控えめにした、薄く柔らかい生八つ橋。大きめの三角形になった皮を齧《かじ》ると、中から具材の旨味とすき焼き風の出汁が溢れてくる。

その刹那《せつな》、大学時代のワンシーンが鮮やかに蘇ってきた。


レンタルスタジオのキッチンで、何度も試作を繰り返したあと。

スタジオの外のソファーで休憩していた湊のもとに、聡と都子が駆け寄ってきた。

「湊さん、これ最後の試作品です。都子さんが粘ってすごいのができました！」

「聡も頑張ったし、湊の計算で生八つ橋の香料も抑えておいた。サークル史上最高になるはずの創作料理や。なあ、早く試食してみてよ」

皿を持った都子が興奮で頰を火照《ほて》らせ、うれしそうに声を弾ませる。

「見た目は完璧だな。あとは味だけだ」

湊は料理に手を伸ばすために、ソファーから勢いよく立ち上がった――。

「――うん、旨い。やっぱり僕たちの最高傑作だ」

不覚にも、目頭が熱くなってきた。

その湿った熱をこらえながら、湊は小さく左右の口角を上げた。

❖

三周年パーティーが終わり、芽衣が玄関先で最後のゲストを送り出した。

聡はそっと近寄り、さり気なくささやいた。

「太蔵さんから事情は聞きました。約束は守ります」

「さっき彼からも聞いた。お願いします」

芽衣は物悲しそうな目で、キッチンの入口でルイと話している都子を見つめている。

熱気が冷めたダイニングでは、社員たちが机や椅子を片づけ始めていた。

「ここはもういいから、聡くんは都子を送ってあげて。今日はハプニングもあったし、ふたりとも疲れたでしょ」

「芽衣さんこそお疲れ様でした。パーティーが無事に終わってよかったです。お言葉に甘えて、お先に失礼しようかな」

そこに、都子がルイとレンを連れてやって来た。

「聡、ルイくんたちはタクシーを呼ぶつもりだったんやて。家は深沢《ふかさわ》のほう。うちに近いから一緒に乗ってもらおうか思て。ええかな？」

いつの間にか都子は、京都弁の訛《なま》りが抜けなくなっている。ルイたちの前でずっとそうだったから、戻せないのかもしれない。

だけど聡は、都子の素である京都弁訛りが、たまらなく好きだった。これから先も、そのままでいてほしいと思うくらいに。

「もちろん。送りますよ」

聡が答えると、ルイは飛び上がらんばかりによろこんだ。

「やった、ありがとう！　今度、都子さんの家にも行きたいな。一緒に勉強会がしたい。ねえ、京野菜の美味しい調理法、ボクに教えてくださいよ」

「和食は苦手やったんと違うの？」

「さっき食べたんだけど、鹿ケ谷かぼちゃのコロッケとかぶら蒸しがすっごく美味しかったから、また好きになっちゃいそう」

「調子ええなあ」

何かと斜《はす》に構えていたルイは、甘えん坊の素顔を丸出しにしている。ママンの味だった茶わん蒸しのお陰なのか、すっかり都子に懐いてしまったようだ。

「聡さん、お世話になります。ワタシたちの荷物、積ませてもらっていいですか？」

レンは大きなスーツケースを抱えている。

「どうぞ。僕らの荷物も運ぶので、一緒に行こうか」

ふたりで玄関を出て、駐車場に停めておいたワゴン車に行き、互いのスーツケースを運び入れた。

晩秋の鎌倉だけに、外はかなり冷え込んでいる。

「さっきルイが勉強会をせがんでたけど、あれ本気だと思うんです。生意気言って恐縮ですが、あいつがすんなり同業者を認めるのって珍しいんですよ。都子さんに尊敬の念を抱いたんでしょう。できれば引き受けてくれたらいいんだけど……」

「だったら僕からも言っておくよ。ルイくんが真剣に勉強会をしたがってるって」

「助かります。そのときは裏方同士、またぜひご一緒したいです。……聡さんと」

「……え？」

「ああいや、ルイたちを呼んできますね」

そそくさとレンが走っていく。

……今なんか、意味深な視線を感じた気がしたけど、単なる気のせいだよな。

首を傾げつつ、皆が来る前に車のエンジンを温めておく。

ほどなく、都子とマルタン兄弟が、芽衣と太蔵の見送りでやって来た。

ガヤガヤと賑やかに、三人が車に乗り込んでくる。

「皆さん、今夜は本当にありがとう。お陰でゲストたちもよろこんでた。突然の取材にも対応してくれて感謝してるよ」

厚地のコートを羽織った芽衣が、満足そうに言った。

「僕からも礼を言わせてもらう。また何かあったらよろしくお願いします。……聡くん」

芽衣の横で太蔵が運転席を覗き込む。

「夜道の運転、気をつけてな。ネズミ捕りもいるようだから、違反にも要注意だ。頼んだよ」

「了解です」

暗に、「湊の話は厳禁だから約束を守れ」と匂わせたのだろう。

「僕、ゴールド免許なんで違反はしませんよ。安心してください」

その返しで伝わったのか、太蔵と芽衣は静かに微笑んでいる。

「では、ありがとうございました。おやすみなさい」

都子のひと声で皆が口々に挨拶をし、聡は車をスタートさせた。

別荘前の緩やかな下り坂を、慎重に下りていく。

「……あれ？」

助手席の都子が、窓の外を見て疑問形の声を出した。

「どうしました？」

「今、別荘の二階に灯りが見えた気がした。一瞬だけ。誰かおるんかな？」

「まさか。窓ガラスに光が反射したんじゃないですか？」

「……そう、かもな」

と言いながらも、都子は不思議そうに外を眺めている。

聡も気になってきたが、だからと言って車を停めるほどのことではないだろう。

フロントガラスの中で、別荘がどんどん遠ざかっていく。

「ねえ都子さん。勉強会いつやります？　ボク、レンと一緒に行きたいんだけど」

「ワタシからも頼みます。ルイを鍛えてやってください」

後部座席から、マルタン兄弟が話しかけてくる。

「ちょっと考えさせて。あとでスケジュール確認するから。少しのあいだ休憩な」

都子はカーステレオのスイッチを入れ、いつものJ－POPを聴き始めた。

おしゃべりの止んだ車内に、懐かしい曲がうっすらと流れる。都子と湊と一緒に行ったカラオケで、三人で歌ったことを思い出す。

運命のいたずらで引き裂かれてしまった恋人たち。別々の世界線に移動せざるを得なかったふたり。湊さんは今、どこの施設で静養しているのだろうか……。

いつの日か、都子さんと湊さんが再会できたらいいのに。いや、僕が再会させてみたい。それでふたりに幸せな何かが起きるのなら、心の底から祝福したい。

今日、改めてわかったんだ。

僕は都子さんと湊さんと三人で過ごすときが、一番自分らしくいられた。無邪気に料理を作って戯《たわむ》れていたあの尊い日々に、ずっと焦《こ》がれていたのだと思う。

湊さん、あなたが大切に守ろうとした人は、これからも僕ができる限り支えていきます。

だから、いつの日かきっと――。

そう思った刹那、胸の奥がちくりとした。何かで突かれたような微かな痛みだ。なんの痛みなのか考えるのは放棄《ほうき》して、運転に意識を集中させる。

「アンコとキナコが待ってる。聡、早く帰ろ」

隣で都子が、ささやくように言った。

「そうですね。安全運転で急ぎましょう」

二匹の柔らかな毛並みを思い出すと、自然に笑みが浮かんでしまう。

「なになに都子さん、おはぎの話？　ボク、和菓子は大好きなんだ」

「あのさ、もしかしてルイくん、ほんまは苦手な食べ物なんてないんやない？」

「バレちゃいましたか。都子さん、実はその通りなんです」

「レンってば、余計なこと言わないでよ。そうだ、今度ボクの特製マドレーヌを食べてほしいな。あれはオリジナリティがかなりあるから。ねえレン？」

「だな。実は、商品化したいって言ってくれるお得意さんもいるんですよ」

「すごい。ほな、うちで勉強会するときに焼いてきてよ、そのマドレーヌ」

「もちろん！　都子さんの家に行くの、楽しみだなあ」

「ルイくん、ほんまに調子ええな。けど、うちも楽しみになってきたわ」

また車内が騒がしくなってきた。だけど、決して不快ではない。むしろ、今は何も知らない者同士の他愛ない会話が心地よい。

坂を下りた先に、相模湾《さがみわん》に面した海岸が見えた。

月と星々を反射させた海原が、どこまでも煌《きら》めいている。

——明日も晴れそうだ。出張先で精一杯いいサービスをしよう。

聡は、秘密を仕舞った心に鍵をかけて、海岸線に続く道へとハンドルを切った。

参考資料

『音楽家の食卓』野田浩資（誠文堂新光社）
『ラ・ブランシュ 田代和久のフランス料理』田代和久（柴田書店）
『「モナリザ」の食卓2』河野透（講談社）
『京野菜』JA京都HP

目次・章扉デザイン——albireo

本書は、書き下ろし作品です。

著者紹介

斎藤千輪（さいとう　ちわ）

東京都町田市出身。映像制作会社を経て、現在放送作家・ライター。2016年に『窓がない部屋のミス・マーシュ』で第２回角川文庫キャラクター小説大賞・優秀賞を受賞してデビュー。2020年、『だから僕は君をさらう』で第２回双葉文庫ルーキー大賞を受賞。主な著書に「ビストロ三軒亭」シリーズ、「神楽坂つきみ茶屋」シリーズ、「グルメ警部の美食捜査」シリーズ、『コレって、あやかしですよね？放送中止の怪事件』『トラットリア代官山』『闇に堕ちる君をすくう僕の嘘』など。

ＰＨＰ文芸文庫　出張シェフはお見通し
九《く》条《じよう》都《みや》子《こ》の謎解きレシピ

2024年５月21日　第１版第１刷

著　者	斎　藤　千　輪
発行者	永　田　貴　之
発行所	株式会社ＰＨＰ研究所
東京本部	〒135-8137　江東区豊洲5-6-52
	文化事業部　☎03-3520-9620（編集）
	普及部　☎03-3520-9630（販売）
京都本部	〒601-8411　京都市南区西九条北ノ内町11
PHP INTERFACE	https://www.php.co.jp/
組　版	株式会社PHPエディターズ・グループ
印刷所	株式会社光邦
製本所	株式会社大進堂

ISBN978-4-569-90397-2

PHP文芸文庫

グルメ警部の美食捜査1〜3

斎藤千輪 著

この捜査に、このディナーって必要⁉ 聞き込み中でも張り込み中でも、おいしい料理にこだわる久留米警部の活躍を描くミステリー。